이렇게 오랫동안 못 갈 줄 몰랐습니다

신예희의
여행 타령
에세이

이렇게 오랫동안

못 갈 줄 몰랐습니다

비에이블
B.able

'여행'이라는 2글자를
떠올리는 것만으로도

내시경 전날엔 별게 다 먹고 싶어진다. 배달앱을 켰다 껐다, 자리에서 일어났다 앉기를 정신 사납게 반복하며 안절부절 못한다. 지금 시켜, 말아? 건강검진 취소해, 말아? 마감이 코앞일 땐 갑자기 옷장을 싹 정리하고 싶고, 잔고가 간당간당할 땐 너무너무 쇼핑이 하고 싶다. 요건 진짜 지금 안 사면 재입고 안 될 것 같은데! 양손에 핸드크림을 듬뿍 바르고 나면 우와, 당장 휴대폰을 만지고 싶다. 거울같이 닦아둔 액정에 손자국이 미친 듯이 찍히겠지만 SNS를 하지 못하는 내 마음이 더 미치겠다.

대체 나는 왜 이 모양일까? 뭐가 됐든 하지 말라면 너무 너무, 진짜진짜, 정말정말 더 하고 싶어 온몸이 배배 꼬인다. 성질이 이따위라, 팬데믹으로 숨죽여 조용조용 지내는 사이에도 얼마나 여행을 떠나고 싶었는지 모른다. 속이 울컥울컥 버글버글 끓다 못해 콧구멍에서 허연 김이 나오는 것 같았다. 이거 봐, 나 갈 거야⋯ 엉엉⋯.

쌓이고 쌓여 사리가 될 지경이라 일기라도 써보기로 했다. 아무 말이나 되는 대로 잔뜩 쓰고 나면 속이 좀 풀리지 않을까? 워드 프로그램의 빈 문서를 열어놓곤 하소연이나 다름없는 문장을 마구 뿜어냈다. 한두 장쯤 쓰면 적당히 마무리되겠지. 그런데, 어라? 냅다 시작된 글이 끝날 줄을 모르고 술술 풀려나온다. 끝내야 할 마감이 있는데도, 한참 작업하던 책 원고가 있는데도 못 본 척 슬쩍 미뤄놓곤 정신없이 글을 썼다. '여행'이란 2글자를 떠올리는 것만으로도 할 말이 너무 많았다. 내 속 어딘가에 이야기가 웅크리고 있었던 모양이다. 어서어서 꺼내주길 기다렸던 모양이다.

가끔 생각한다. 세상엔 분명 나만 할 수 있는 이야기가 있다고. 이걸 믿지 않으면 창작을 할 수 없다. 휘발되어버리기 쉬운 연약한 확신이지만 끊임없이 나를 설득하고 북돋운다. 어딘가엔 있을 거야. 나만 할 수 있는 노래와 춤, 맛과 향, 소리와 그림 그리고 이야기가.

  말하고 나니 왠지 쑥스럽지만, 진심으로 그렇게 생각합니다. 여행 이야기, 요건 정말이지 제가 해야 하는 거라고 믿으며 신나게 썼어요. 부디, 즐겁게 읽어주시길.

신예희

1 낯선 곳에서는 사소하지 않은 용기가 생긴다

2 그곳이 어디든, 난 내 삶을 잘 살고 싶다

낯선 곳에서는

사소하지 않은
용기가 생긴다

하늘 위에서

먹는 밥의 맛

인천대교 위를 달리면서 생각한다. 나 지금 공항 간다, 비행기 탄다! 으아아아! 처음 타는 것도 아닌데 여전히 좋다. 여전히 설렌다. 그저, 이제는 어른이라며 입 꾹 다물고 표정 관리를 하는 것뿐이다. 하 참나, 여행 한두 번가? 비행기 한두 번 타? 정말 지겨워 죽겠네, 라는 듯한 표정을 지으며 체크인을 하고 짐을 부치지만 지겹긴 개뿔, 언제나 신난다.

기내식을 향한 마음도 그렇다. 뻔하네, 맛이 없네, 어쨌네,

투덜거리면서도 실은 자리에 앉아 안전벨트를 맨 순간부터 모든 정신이 기내식에 쏠려 안절부절못하는 중이다. 쿵쿵, 쿵쿵쿵쿵, 냄새가 나는 것 같은데? 맞네! 저어기 맨 앞줄에서부터 천천히 기내식 카트가 다가오고 있다. 눈을 뗄 수 없다. 내 차례가 되려면 멀었지만 귀가 이만하게 커져선 이미 메뉴를 정하고 있다. 비프랑 치킨 중 택일이라고? 그럼 난 비프, 아니 치킨. 아니아니 비프로 할래, 아니다 역시 치킨. 카트가 가까이 다가올수록 심장이 더 크고 빠르게 뛴다. 비프! 치킨! 비프! 치킨! 잠깐, 음료는 뭘로 하지! 카트가 코앞인데! 으아아아아아!!!

　처음으로 기내식을 먹은 건 처음 비행기를 탔을 때인데…라고 쓰고 나니 정말 당연한 소리를 하고 있군요. 당시 나는 이렇게 헛소리를 할 정도로 설레기도 엄청 설렜고, 긴장하기도 엄청 긴장했었다. 1달간의 유럽 여행이 막 시작되려는 순간인걸. 첫 목적지는 암스테르담이었고, 마침 비행기도 네덜란드 항공이었다. 세상에, 대한항공이나 아시아나도 아니고, 아직 가보지도 못한 유럽의 비행기라니! 어마어마한 네덜란드 전통 음식을 주는 게 아닐까?… 는 물론 아니었고요, 아주 평범하고 무난한 기내식을 먹었다. 식초에 절인 청어라든가 고다 치즈 덩어리 같은 건 나오지 않았고, 나막신 기념품 같은 것도 주지 않았다(은근히 기대했다). 그래도 충분히 즐겁고 행복했다. 휴대폰은커녕 디지털카메라라는 물건도 존재하기 전이라 무거운 수동 필름 카메라로, 피 같은 비싼 필름을 몇 장이나 써가며 기념사진을 찍었다.

그때부터 지금까지 100번도 넘게 비행기를 탔고, 그만큼 많은 기내식을 먹었지만 어떤 메뉴가 가장 좋았는지 곰곰 생각해보면 역시 비빔밥만 한 게 없다. 특히 대한항공의 비빔밥이라면? 야, 그건 진짜 최고다. 보통 두어 가지 메뉴 중에서 고를 수 있지만 무조건 비빔밥이다. 지금 막 후다닥 검색해보니 이 메뉴가 기내식 업계에 최초로 등장한 건 1997년으로, 그전까지 기내식은 으레 네모난 그릇에 담겨 나왔지만 (아마도 쟁반 면적을 최대한으로 활용하기 위해서일 것이다) 썩썩 비벼야 제맛인 비빔밥의 특성을 고려해 과감히 둥그런 대접 형태의 그릇을 도입했다고. 비빔밥은 곧 큰 인기를 끌었고, 이듬해엔 국제기내식협회(라는 곳이 있더라고요)에서 수여하는 가장 큰 상을 받았단다. 25년도 더 된 이야기다. 이젠 다른 여러 항공사의 기내식으로도 종종 만날 수 있는 걸 보면 인기 메뉴로 꽤 잘 자리 잡은 것 같다. 하지만 여전히 내 입에는 대한항공의 비빔밥이 제일 맛있다. 기분 탓일까?

비빔밥을 먹을 땐 나도 모르게 정체불명의 사명감 같은 게 생긴다. 무슨 소리냐면, 주변 좌석의 외국인들이 요걸 제대로 잘 먹고들 있는지 되게 신경 쓰인다는 거다. 공작새 꼬리 깃털 펼치듯 오지랖을 쫙 펼쳐 어떻게든 챙겨주고 싶다. 나물을 비비지 않고 따로따로 집어먹은 후 제일 마지막에 맨밥을 입에 넣는다든가, 비빔밥 그릇에다 미역국을 몽땅 붓는 모습을 몇 번 보고 나니 이렇게 되었답니다. 아아….

시드니 여행에서 귀국하던 날에도 냉큼 비빔밥을 골랐는데 옆 좌석의 할아버지가 쯧쯧거리며 훈계하듯 말했다.

그분 : 한국 사람은 이게 문제야. 촌스럽게, 어,
　　　　외국 나와서까지 한식을 먹고 말이야.
나 : (대답하지 않음)
그분 : 세계화가 안 되어서 그래. 나는 비프로 줘요.

그분이 기내식 그릇의 은박지를 벗기는 동안 나는 비빔밥 대접에 볶음 고추장 튜브와 참기름 파우치를 영혼까지 쭉쭉 짜 넣고 썩썩 비비기 시작했고, 소중한 비프를 한입 드신 그분은 곧 내 음식을 너어어무 부러운 눈으로 쳐다보았다. 그리곤 조용히 승무원을 불러 비빔밥을 부탁했는데, 어머나 어쩌죠, 남은 게 없다네요. 이 영감님은 이륙 전부터 나를 붙들고 자식 자랑을 끊임없이 하던 중이었는데, 식사를 마친 후에는 여태껏 살아온 길을 쭈욱 풀어내기 시작했다. 6·25 때 내가, 박정희 때 내가, 월남전에서 내가! 비행기는 이게 문제다. 도망갈 곳이 없다. 어쩔 수 없이 예, 예, 하며 적당히 듣다가, 결국 88서울올림픽 개막을 앞두고 포기. 제가 좀 피곤해서요, 하고는 인천공항에 도착할 때까지 눈을 꼬옥 감고 자는 척했다는 이야기입니다. 실제론 기내에서 단 1분도 잠들지 못하는데 말이죠.

한편, 세상에는 생각보다 더 다양한 기내식이 있다. 당뇨식, 저열량식, 글루텐 제한식, 유당 제한식 등 건강 문제로 식이 조절을 해야 하는 승객을 위한 거다. 여러 단계의 채식 식단과 과일식, 해산물식도 있다. 이슬람교, 힌두교, 유대교 등

종교의 금기를 피해 조리한 기내식도 있고. 지금으로선 나는 어디에도 딱히 해당되지 않는데, 그저 호기심에 유대교 식단을 신청해서 먹어본 적이 있다. 맛은, 음, 좋은 경험이었다.

그러고 보면 기내식이란 가능한 많은 사람이 불평 않고 적당히 수긍하며 먹을 수 있는 걸 목표로 만든 음식이겠다. 유난하고 독특하면 곤란할 거다. 최대한 많은 사람을 만족시키려면 음식이든, 음악이든, 패션이든, 책이든 짜릿한 맛 같은 건 넣기 어렵다. 둥글둥글, 모나지 않고 무난하면서 개성도, 재미도 없는 쪽이 안전하겠죠. 기내식과 관련된 정체불명의 루머도 좀 있는데, 나만 해도 이런 이야기들을 들었다.

- 조난 사고를 대비해 2박 3일은 충분히 버틸 만한 어마어마한 고칼로리로 만든다더라.
- 화장실 줄이 너무 길어지지 않도록 변비를 유발하는 성분을 넣는다더라.
- 기내에서 방귀를 뀌면 곤란하니 뱃속에 가스가 차지 않는 약을 넣는다더라.
- 승객들을 재우기 위해 수면제를 넣기 때문에 승무원의 기내식

은 따로 만든다더라.

하나하나 쓰면서도 참으로 말 같지 않구나 싶다. 대체 이런 이야기들은 어디 사는 누가 정성 들여 만들어 유포하는지 궁금하다. 하긴, 유튜브만 해도 참 별의별 괴이한 이야기로 가득하니….

그렇게 얌전히 사육당한 끝에 드디어 외국의 낯선 공항에 도착한다. 뻔히 혼자 여행하는 거면서도 괜히 마중 나온 사람들 얼굴을 쭈욱 훑어보고, 손에 든 안내판 속 이름들을 읽어본다. 어차피 날 보러 온 사람이 없는 걸 아는데도 그렇게 된다니 신기하죠. 그리고 냄새를 맡는다. 어디가 되었든 그곳만의 향기가 있다. 콕 집어서 무슨 무슨 향이라고 말할 순 없지만 분명히 뭔가 있다. 설레게 하는 냄새가. 이젠 나름 베테랑 여행자라며, 공항 따위 지루한 곳이라는 듯 무표정한 얼굴로 성큼성큼 휴대폰 유심 카드부터 사러 가면서도 어느새 마음은 몹시 두근두근.

우와, 여행 시작이야!

비행기 시간과

나이의 상관관계

해외여행의 첫 관문은 과연 어디인가? 나의 경우, 현재 용인 시민이기 때문에 국제선을 타려면 인천공항에 가야 한다. 하지만 인천공항에서 비행기를 타는 건 설레면 설렜지 별로 어려운 일은 아니다. 왜? 여러분, 제가 정말 어지간한 나라의 어지간한 공항을 어지간히 다녀봤는데, 인천공항만큼 시설 좋은 곳이 아주 드물더라고요. 인포메이션 센터 잘 돼 있어, 직원들 모두 친절해, 시설 훌륭하고 청결해, 무엇보다 앉을 곳도 많다. 그야 당연한 거 아닌가 싶지만 의외로 개방된 의자가 부족한 공항도 무척 많다. 익숙함에 길들여져 소중함을 잠시 잊었다가 외국의 거지 같은 공항을 경험하고 나면 갑자기 인천공항의 따스한 품이 무지하게 그리워진다(이렇게 쓰니까 무슨 철 지난 발라드 가사 같군요).

　하여간 그래서 진짜 첫 관문이 어딘가 하면, 역시 현지 공항에서 숙소까지 가는 과정이겠다. 어떻게 해야 예산 내에서 최대한 안전하고, 편하고, 쾌적하게 이동할 수 있을까? 예약해둔 숙소에 무사히 도착해 문을 걸어 잠그기 전까진 긴장을 풀 수 없다. 얼른 가서 침대에 널브러지고 싶다. 물론 공항 출국장으로 걸어 나오면서 '자아, 이제부터 잘 곳을 찾아볼까나.' 하는 스타일로 여행하는 사람도 있겠지만 저는 절대, 절대, 절대 그런 사람이 아닙니다. 반드시 예약을 해놓죠. 보통은 호텔스닷컴이라든가 부킹닷컴, 에어비앤비 등의 숙박 예약 앱을 이용하는데, 예약과 결제가 완료된 화면을 꼭 캡처해둔다. 숙소에 도착해 앱을 켜고 보여줘도 되지만 혹시라도 갑자기 휴대폰의 와이파이가 잘 안된다거나 하면 곤란하니 캡처 파일을 저장해두는 게 좋다. 그리고 휴대폰을 잃어버릴 수도 있으니 프린트도 해놓으면 더 좋고… 라고 쓰다 보니 정말 성격 무슨 일이야….

시내로 들어갈 땐 공항버스나 지하철, 일반 시내버스 같은 대중교통 편을 미리 검색해뒀다가 가방을 옹차옹차 끌고 가서 타곤 했는데, 30대 중반 무렵부턴 택시로 바뀌었다. 이젠 돈보다 체력이 더 아쉬워졌다. 전 국민이 다 알 만한 어마어마한 최고급 호텔이라면 몰라도 내가 묵을 중급 호텔이나 에어비앤비, 그러니까 가정집은 어차피 공항에선 대중교통으로 한 방에 갈 수 없는 경우가 대부분이다. 어디서 갈아타야 할지, 어느 정류장이 숙소에서 그나마 제일 가까운지 미리 알아놔야 한다. 여긴가? 여긴가? 하며 신경을 곤두세우다 후다닥 내려선 다시 두리번거리며 가방을 질질 끌어야 한다(매끈한 아스팔트 길이 아닐 때도 많다). 번지수가 헷갈리기라도 하면 골치 아픈데, 어머나, 제가 또 마침 방향치네요.

그런 점에서 택시는 뭐, 말할 것도 없이 편하다. 특히 우버 UBER와 그랩Grab은 최고다. 유럽을 여행할 땐 으레 우버를, 아시아 지역이라면 그랩을 이용한다. 실시간으로 현재 위치를 확인할 수 있고 도착 예정 시간도 뜬다. 탑승 기록도 남는다. 기사의 신상정보도 어느 정도 공개되어 있으니 마음이 놓인다. 물론 100퍼센트 안심이란 건 없지만, 그래도 요만큼이라도 낫다. 나는 한국에서 택시를 이용할 때도 지나가는 택시를 불러 세우거나 이미 서 있는 차에 올라타지 않는다. 별거지 같은 일을 이래저래 겪어보면 이렇게 된다. 그래서 '타다' 서비스가 생겼을 때 무척 기뻐했었다. 어차피 맨날 타는 것도 아닌데, 좀 비싸도 좋았다. 돈 벌어 뭐하겠습니까, 타다 타겠죠… 돌아와요, 타다….

치앙마이에선 그랩을 참으로 열심히 이용했다. 트럭을 개조해 만든 미니버스 쏭태우Songthaew라든가 오토바이를 개조한 삼륜차 툭툭Tuk Tuk 같은 교통수단이 있긴 하지만 탈 때마다 흥정을 해야 하니 피곤하다. 그리고 매번 진다. 애초에 이길 수가 없죠. 그래서 가까운 곳은 느긋하게 걸어다니고, 살짝 멀다 싶을 땐 으레 그랩 앱을 켰다. 여행 중간엔 부모님도 잠깐 놀러왔는데, 그분들 역시 곧 그랩을 무척 좋아하게 되었다. 얘, 날도 더운데 길에서 택시를 잡지 않아도 된다니 좋구나, 현금을 주고받지 않는 것도 참 좋구나. 정말 그렇다. 앱에 등록해둔 신용카드에서 택시 요금이 깔끔하게 딱딱 빠져나가니 속 편하다. 기사에게 거스름돈을 반강제로 빼앗긴 경험이 꽤 있는데, 이건 여행할 때뿐 아니라 한국에서도 워낙 많이 겪은 일이다. 문 닫힌 택시 안은 혼자일 때 꽤 무섭다.

그런데 현지 공항엔 몇 시쯤 도착하는 게 좋을까? 어릴 적엔 일단 싼 티켓을 사야 하니 선택의 여지가 없었다. 비행기님이 나를 내려주시는 시간이 바로 착륙시간이다. 입맛대로 요것조것 다 따져서 고른 좋은 시간대의 티켓은, 보통 꽤 비싸다. 지금은 앞서 말했듯 돈보다 체력 님이 더 소중하시니 선택지가 좀 생겼는데, 우선 너무 늦은 밤 시간은 피한다. 왜? 무서우니까. 홈그라운드가 아니니 쫄 수밖에 없다. 온 사방에 다 사기꾼이 가득한 것 같다. 택시? 택시? 라며 다가오는 호객행위도 참으로 부담스럽다. 출국장 게이트 앞에 미리 진치고 있는 택시라니, 눈만 마주쳐도 이미 바가지를 쓴 것 같다. 이러니 공항에서 제일 먼저 하는 게 유심 카드를 사서 갈아 끼운 다음 그랩이나 우버 앱을 켜는 것이다. 쓰다 보니 내가 택시에 맺힌 게 많은 모양이다.

다시 도착시간 이야기로 돌아가보자. 밤 9시쯤은 어떨까? 한국의 밤 9시를 떠올려보면 뭐, 대낮이다. 널린 게 24시간 편의점이고. 하지만 나라마다 분위기가 꽤 다르단 걸 잊으면 곤란하다. 상점이고 뭐고 이미 몇 시간 전에 싹 다 닫아 휑한 곳도 많다. 애초에 편의점 같은 게 없는 곳도 있고.

그리고 밤 9시에 착륙한다고 해도, 한참 기다려 짐가방을 찾고 길게 줄을 서서 입국 심사를 받다 보면 1시간쯤은 훅 지나간다. 그러니 실제론 밤 10시는 되어야 공항을 나설 수 있는 셈이고, 숙소엔 11시쯤 도착할 거라고 마음의 준비를 하는 게 좋다. 그보다 더 늦을 땐 좀 심란해지는데, 이 시간에 돌아다니느니, 차라리 공항에서 대충 시간을 때우다 아침에 움직일까, 싶기도 하다. 그런데 잠깐, 모든 공항이 인천공항 같을 거라고 기대하면 곤란하다. 말씀드렸죠, 그만한 좋은 시설은 정말이지 드물다고요. 아아, 갑자기 새벽 3시의 스리랑카 콜롬보 공항이 떠올라버렸어… 새벽 1시의 마카오 공항도….

내가 제일 좋아하는 시간대는 저녁 7시 전후다. 이때쯤이라면 여차저차 입국 수속을 마친 다음 어지간한 나라의 어지간한 퇴근 시간을 피해 9시쯤엔 숙소에 도착할 수 있다. 체크인한 후 가방을 풀고, 개운하게 씻고, 스르륵 잠든다. 그리고 다음 날 아침, 꽤 산뜻한 컨디션으로 진정한 여행 첫날을 시작한다. 어때요, 괜찮죠? 다음으로는 낮 12시에서 1시쯤에 도착하는 스케줄을 꼽는데, 곧장 숙소로 직행해 바로 체크인 할 수 있어서다. 호텔이든 에어비앤비든 보통 낮 2~3시쯤부터 체크인이 가능하니, 중간에 시간이 둥둥 뜨지 않는 게 장점이다. 일단 씻고, 좀 쉬었다가, 슬슬 밖으로 나가 맛있는 점심 겸 저녁을 먹는다. 문제는, 비행기를 타는 게 알게 모르게 체력을 꽤 쓰는 일이라 입이 쓰고, 깔깔하고, 정신이 없다는 거다. 아직 해가 떠 있긴 해도 뭘 제대로 하기는 애매하다. 그래서 2순위.

이른 아침이나 오전에 도착하는 건 별로 좋아하지 않는데, 어머나, 왠지 하루가 길어져서 이득인 것 같잖아요? 아니에요, 여러분. 숙소 체크인 시간까지 반쯤 맛이 간 상태로 하염없이 기다려야 한다는 뜻이랍니다. 이게 은근히 빡세다. 호텔 프런트나 유료 짐 보관함 같은 곳에 큰 가방을 맡겨놓고 일단 시내로 나가보지만, 어우, 그냥 모든 게 힘들다. 서 있으려니 앉고 싶고, 앉아 있으려니 눕고 싶다. 브라도 벗고 싶다. 생리라도 하는 중이라면… 상상도 하기 싫네….

한때 밤도깨비 여행이란 게 무척이나 유행했는데, 1박 3일이나 무박 2일의 짧은 일정이라 회사의 휴가 일수를 소진하지 않고 후다닥 치고 빠질 수 있다는 게 매력이었다. 이른 아침에 여행지에 도착해 하루를 아주 길게 쓰는 것이다. 그러니 주로 후쿠오카나 홍콩, 타이완처럼 가까운 곳에 가게 된다. 하나 같이 덥고 끈적하고 습한 곳이다. 20대니까 버텼지, 지금이라면 입에서 살려주세요, 소리가 줄줄 샐 것이다. 그리곤 자정 이후에 출발하는 비행기를 타고 돌아오는데, 그나마 나는 프리랜서라 귀국해서 곧장 뻗을 수라도 있지, 곧바로 공항버스를 타고 출근하는 친구들도 많았다. 지금 생각하니 정말이지 대단하다. 소중한 체력을 그때 미리 당겨 쓴 게 분명하다. 이젠 눈만 마주치면 누가 먼저랄 것도 없이 어디가 아프다는 이야기뿐인 걸 보면.

뭐, 이 궁리 저 궁리하며 좋은 시간을 고르겠다 벼르지만 언제나 생각처럼 되는 건 아니다. 어느 정도는 계획대로 착착이지만, 또 어느 정도는 그러려니 하며 받아들여야 한다. 쿠알라룸푸르 공항에도 꽤나 늦은 시간에 도착했는데, 뭔 놈의 비까지 엄청나게 쏟아지지 뭐겠습니까. 그랩 택시를 타고 시내로 들어가는 내내 멍하니 시커먼 창밖을 바라보았다. 2달이나 이 도시에서 지낼 건데 첫날부터 이러니 자꾸만 기분이 가라앉는다. 나는 어쩌다 또 이렇게 먼 곳에 와버렸을까, 이번엔 혼자 또 얼마나 외로울까를 생각하는데… 갑자기 마법처럼, 한순간에, 유리창의 모든 빗방울이 화려하게 반짝이기 시작했다. 이게 뭐야? 깜짝 놀라 올려다보니 고가도로 너머 페트로나스 트윈타워가 보였다. 조명을 한껏 밝힌 아름다운 2개의 탑. 눈이 번쩍 뜨였다. 새로운 눈으로 본 쿠알라룸푸르는 정말이지 아름다웠다. 그 울적하던 밤은 그렇게 근사한 밤으로 변했답니다. 비록 이후 2달 동안 거의 매일같이 비가 좍좍 내리긴 했지만요. 아, 쫌!

ESTJ가

여행하는 방법

MBTI 같은 건 신경 쓰지 않아! 라고 말하면서도 맨날 유형별 특징이니 장단점이니 등등을 찾아보며 혼자 되게 좋아하는 사람이 바로 접니다. 아니, 뭐 꼭 그걸 진지하게 믿어서 그러는 건 아니지만(일단 방어해본다) 그래도 너무 재미있지 않나요! 하나하나 읽다 보면 어라, 하며 홀리게 되고 어느새 똘똘 말리는 기분이 든다. 너무 내 마음을 대변해주는 것 같아서 울컥할 때도 있고. 맞아, 그래서 내가 그랬던 거야. 맞아, 그래서 그 새끼가 그랬던 거야. 배울 만큼 배운 성인은 이렇게 모든 죄를 가엾은 MBTI에 뒤집어씌우곤 하는데….

　나로 말하자면 ESTJ 유형으로, 일명 '엄격한 관리자'다. 조직적이고 현실적이고 단호하며, 일을 지시하고 결정하는 능력이 좋다고 한다. 그 덕분인지 16가지 성격 유형 중에서 경제력이 가장 좋은 타입 중 하나로 분류된다고(앗싸). 하지만 조금만 삐끗하면 가부장적인 꼰대가 되기 쉬운데, 특히 게으르거나 일의 효율성이 떨어지는 사람, 잡생각이 많고 규칙을 잘 지키지 않는 사람이랑은 상극이 될 수 있단다. 맞다. 상상만 해도 벌써 쥐잡듯이 잡고 싶다. 보이지 않는 채찍(이미 스와로브스키 크리스털로 이니셜까지 박았다)을 마구 휘두르고 싶다. 일어나! 씻어! 일해! 마감을 지켜야지! 그렇습니다. 저는 정말 계획을 착착 세우고 실행하는 게 너무너무 좋아요. 루틴을 사랑한다고요.

　그렇다면 ESTJ 인간이 여행하는 방식은 대체 어떠한가? 요게 이 글의 주제인데, 세상 모든 ESTJ가 똑같을 리는 없으니 그냥 얘는 성격이 이 모양이고 여행은 이런 스타일로 하는구나, 정도로 가볍게 봐주시면 좋겠습니다.

우선 나는 출발하기 전에 숙소를 싹 다 예약해둔다. 2박 3일이든 30박 31일이든 이걸 해놓지 않으면 발이 떨어지지 않는다. 그러는 것 치고 매일의 스케줄은 오히려 좀 헐렁하게 잡는데, 가고 싶은 곳과 먹고 싶은 것, 하고 싶은 일의 목록을 미리 만든 다음 현장 상황에 따라 넣었다 뺐다 하는 식으로 조절한다. 비 예보가 있다면 실내 활동을 한다든가 하는 식으로. 보셨죠, 나름 유도리… 아니, 융통성이 있다니까요? 그러나 숙소 예약만큼은 반드시 미리 끝내놔야 한다. 세상에, 무슨 일이 있을 줄 알고 대책 없이 그냥 가? 나는 안전한 게 좋다. 빵 중에서 제일 맛있는 빵은 안전빵이다. 나를 걸고 도박을 할 마음 따윈 없다. 그러고 보니 애초에 화투 같은 것도 생전 한 번을 안 쳐봤다. 그냥 그 행위가 싫다.

숙소 예약을 몽땅 마쳐놓고서 출발한다는 건 여행의 뼈대가 잡혀 있다는 얘기다. 앞서 말했듯 그날 그날의 디테일은 달라지더라도 지역 간 이동 날짜와 이동 수단을 이미 결정해 놓은 거니까. 그럼 여행의 묘미인 즉흥성이 확 떨어지는 거 아니냐고 생각할 수 있는데, 애초에 즉흥적인 걸 그렇게까지 좋아하지 않는다(예약 문화, 차암 좋아합니다). 그보다 내 안

전이 훨씬 중요하다. 내 마음이 편해야 맛있는 걸 먹었을 때 좋은 맛이 느껴지고, 근사한 걸 봤을 때 한껏 행복해진다. 혼자 여행하는 여성 여행자라 더 그럴 수도 있겠다. 즉흥적으로 노숙하다가 강간당하고 싶지 않다.

지역 간 이동 수단, 그러니까 기차나 국내선 비행기, 시외버스 티켓도 미리 인터넷으로 예약하고 결제해두는데, 만약 그런 시스템이 구축되어 있지 않은 나라라면 여행 첫날에 터미널이나 기차역부터 찾아간다. 국가 기관에서 발급한 티켓을 손에 쥐기 전에는 다른 일을 할 수 없다. 이런 성격 덕분에 헤맬 일이 줄어들고, 여행이 안정감 있게 흘러간다.

여기까진 참 따숩고 좋은데 말이죠, 문제는 언제 어디에나 변수가 있다는 겁니다. 치밀하게 계획된 일정을 머릿속에 담아두지만 종종 뒤통수를 맞곤 한다. 마음을 놓을 만하면, 잊을 만하면 별별 일이 생긴다. 커다란 가방을 질질 끌고 리스본 오리엔트 역 계단을 낑낑 올라 포르투행 기차표를(물론 미리 인터넷으로 결제까지 해놨다) 찾으러 갔을 때도 그랬다. 10시간 넘게 비행기를 타고 리스본에 도착해 곧장 여길 온 건데, 뭐라고요, 철도 파업? 파어어업? 당장 앉고 싶고 눕고 싶고 씻고 싶고 울고도 싶지만 일단은 빨리 머리를 굴려야 한다. 2달간의 여행인데 첫날부터 이런 일이 생기다니, 하며 머릿속의 노트북을 켜고 비극을 집필하기 시작하면 끝이 없다. 비탄에 젖거나 분노할 시간에 어서어서 기차표를 환불받고 어서어서 대안을 찾는 게 낫다. 그리고 같은 일이라도 내가 요걸 재미있는 경험으로 만들어버리면 된다. 하하하 웬일이야, 이거 두고두고 얘깃거리 되겠다며 웃어버리는 순간 정말로 웃긴 일이 된다.

이 모든 걸 외롭고 불안하게 혼자 해치우는데, 그게 속 편해서 그렇다. 정답 같은 매뉴얼이 아니라, 그저 나에게 편한 방식이라 요렇게 하는 것이다. 뭐, 다들 각자의 스타일이 있겠죠… 라고는 하지만 그래도 이게 제일 낫지 않냐며, 다들 날 따라오라며 맘속으로 드릉드릉하는, 뼛속까지 ESTJ인 인간이 바로 접니다. 왜냐하면 제가 맞으니까요… 제가 답이니까요… 반박이라니 상상만 해도 참을 수가 없네….

"배낭여행은

가지 않습니다"

　　　　　　나는 "배낭여행을 갑니다."라는 말을 잘 하지 않는다. 왜냐하면 배낭을 메지 않으니까. 농담이 아니라, 정말 그런 이유에서다. 요즘은 외국이든 국내든 여행하면 으레 자유여행이라 굳이 배낭이니 뭐니 덧붙일 필요가 없지만, 패키지 여행상품이 대세이던 시절엔 매번 약간의 부연 설명이 필요했다. 아뇨 아뇨, 패키지 아니고요, 그냥 혼자 가는 거예요. 제가 루트 짜고 예약해서요. 배낭여행이라고 하면 그 한마디로 가뿐히 설명될 텐데도 굳이 그랬으니 어지간히 배낭이 싫었나 보다. 여행용 배낭은 여태껏 딱 한 번 메봤고, 그

걸로 충분하다. 가방은 크고 무거울수록 메는 것보다 질질 끌거나 미는 게 훨씬 좋다. 바퀴는 소중하다. 문명의 이기이고 정수다. 정말, 정말, 정말요.

그 딱 한 번이란 건 첫 외국 여행 때인데, 주변 사람들 모두가 당연히 그래야 한다길래 나도 군말 없이 커다란 배낭을 샀던 것이다. 1997년 여름, 1달간의 유럽 여행이었고 패키지와 자유여행의 중간이라고 할 만한 상품이었다. 여행사에선 날짜와 장소 등이 미리 정해진 항공권과 숙소 바우처, 유레일 패스를 싹 묶어서 할인된 가격에 팔고, 여행자는 그걸 산 후, 알아서 돌아다니는 것이다. 요걸 호텔팩이라고 하는데, 2000년대 초반까지 꽤 인기 있었다. 가이드 없이 자유롭게 여행하고 싶지만 외국의 호텔에 일일이 전화나 팩스로 (그런 시절이었답니다) 예약하는 건 부담스러운 사람들을 노린 괜찮은 상품이었다. 비행기랑 잠자리, 유럽 내 이동 수단을 먼저 해결해놓고 출발하는 거니 여행에 서툴거나 아예 처음이더라도 어느 정도는 마음이 놓인다.

친구랑 둘이서 여러 여행사의 호텔팩 상품을 늘어놓고 요리조리 비교해보다가 하나를 골라 설명회에 참가했다. 두근두근하며 여행사 사무실 문을 열고 들어가니 실장님이라는 자가 등장해 짧은 설명을 했고, 곧이어 요거 없으면 여행 못 한다며 자체 제작했다는 배낭을 스윽 들이밀었다. 시중의 배낭은 비싸고! 불편하고! 무겁지만! 이 배낭은 그런 단점을 요렇게 조렇게 보완했다며 약을 팔기 시작했는데, 정신을 차려보니 저도 하나 샀더라고요. 여행상품 계약금도 얼결에 내버렸고요. 어우, 이 집 장사 잘하네….

  그날부터 고민이 시작되었다. 대체 뭘 가져가고 뭘 놓고 가야 하지? 꼭 있어야 한다고 생각하기 시작하면 끝이 없지만, 반대로 없으면 없는 대로 대충 넘어갈 수도 있다. 판단이 서지 않을 땐 둘 중 하나다. 그냥 싹 다 가져가는 것과 떨레떨레 몸만 가는 것. 보통은 첫 번째 방법으로 시작해, 말로 다 할 수 없는 소중한 교훈을 얻은 후(내 허리, 내 어깨, 내 멘탈) 슬슬 두 번째로 옮겨간다. 고생 없이 요령만 얻을 수 있다면 좋겠지만 그런 일은 있을 수가 없다. 만약 그렇게 해주겠다는 사람이 나타난다면 높은 확률로 사기꾼이니 참고하세요. 하여간 당시의 여행 필수품은 뭐니 뭐니 해도 스위스 아미

나이프로, 요게 없으면 큰일 나는 줄 알았다. 왜냐, 모두가 그렇게 말했거든요. 맥가이버 칼이 있어야 이것도 깎아 먹고 저것도 썰어 먹고 그것도 잘라 먹을 수 있다고요. 그 말을 비틀어보면, 배낭여행자란 애초에 제대로 된 식당에서 식사할 여유가 없을 거란 얘기다. 나이는 어리고, 체력은 넘치며, 돈은 부족할 테니까.

실제로 그 1달 동안 나는 굳이 2리터짜리 생수를 짊어지고 다녔고, 제일 싼 바게트를 사서 와구와구 뜯어먹고 다녔다 (입안이 다 까진다). 숙소에서 주는 아침 식사를 몰래 비닐봉지에 챙겨선 그걸로 점심 한 끼를 때웠다. 돈이 그렇게까지 부족한 게 아니었는데도 그랬다. 이제 와서 생각하면 유럽까지 가서 분위기 좋은 카페 한 번을 못 갔네, 맛있는 것 한 번을 못 먹었네 싶어 답답하지만 그게 말이죠, 그때는 그랬답니다. 쫄쫄 굶으며 고생해야 진정한 대한의 청년이며(배낭에 작은 태극기를 꿰매 붙이면 가산점이 있다) 그렇지 않으면 겉멋 들고 골이 빈 젊은 애라는 분위기가 있었다. 배낭 대신 캐리어(슈트케이스)를 끌고 다닌다? 그건 진짜 여행이 아니라는 소리도 많이 들 했고. 나도 그런 얘기에 크게 영향 받아선 극기훈련에 참

여하는 마음으로 출국했던 것이다. 그러고 보면, 자기보다 나이 어린 사람이 조금이라도 편해 보이는 게 그렇게도 싫은 모양이다. 고생은 안 하는 게 최고인데 말이지.

하여간 출국 전날 밤까지 이건 이래서 저건 저래서 필요할 거라는 생각에 참으로 별걸 다 배낭에 집어넣곤 무릎으로 꾸역꾸역 눌러서 겨우겨우 닫았다. 무거운 배낭을 메면 명치가 턱 막히는 느낌이 든다. 소화가 안 되고, 몸도 힘들고 마음도 힘들고 인생 전반이 싹 다 피곤하다. 메고 있던 걸 다시 내려놓는 것도 일이다. 아이고오, 소리가 절로 나온다. 앗, 그거 어딨더라? 당장 필요한 물건이 배낭 중간쯤이나 맨 밑바닥에 깔려 있다는 걸 깨닫는 순간엔 신경질이 확 치솟는다. 아오 씨, 또 언제 꺼내고 집어넣고 하냐! 그러니까, 문제는 이거다. 생전 안 하던 걸 갑자기 하려니 힘든 거다. 가벼운 차림으로 랄랄라 돌아다니던 애가 갑자기 이따만한 배낭이라니, 즐겁자고 시작한 여행이 말도 안 되는 훈련으로 변한다. 비싼 돈 들여서 이게 무슨 짓이냐고요.

지금은 캐리어를 쓴다. 크기별로 3개를 갖고 있다. 짐 싸

는 것도 요령이 생겨, 빠르고 컴팩트하게 가방을 착착 꾸린
다(정말 잘한다). 가장 부피가 큰 건 역시 옷인데, 평소 집에서
옷장 정리하듯이 접으면 몇 벌 넣기도 전에 가방이 꽉 차버
릴 것이다. 죽은 공간이 생겨서 그렇다. 김밥을 말 듯이 아주
타이트하게 똘똘 말아서 여행용 옷 수납백(은 필수다)에 틈 없
이 집어넣는다. 더 안 들어갈 것 같을 때 한 롤을 더 넣는 게
핵심이다. 양말과 팬티도 최대한 똘똘 말아 브라컵 안에 꽉
꽉 채운다. 목표는 빈틈을 없애는 것이고, 애매한 틈이 보인
다 싶을 땐 비상 약품이든 뭐든 끼워 넣는다. 그리고 숙소에
도착해 탈탈 잘 털어서 펴놓는다.

그리고 어지간한 건 여행지에서 산다. 이렇게 말하면 네
에? 돈 많은가 봐요? 라는 소릴 들을 수도 있을 것 같은데
그런 게 아니고요, 잠깐 여행하는 데 뭐 그렇게까지 사소한
물건 하나하나가 다 필요하지 않단 걸 이젠 알게 된 거다. 사
람마다 기준이 다를 텐데, 출발 전에 미리 손톱을 짤막하게
자르고 가는 걸로 2주 정도는 오케이인 사람이 있고, 이틀에
한 번은 손톱을 다듬고 싶은 사람도 있다. 평소에 쓰는 딱 그
손톱깎이가 아니면 절대 안 된다는 사람도 있을 것이다. 여

행지에서 처음 보는 브랜드의 생리대에 도전하고 싶은 사람도, 익숙한 제품이 아니면 곤란한 사람도 있을 것이다.

　나는 어떻더라? 우선, 치실은 워낙 좋아하는 브랜드가 있어서 꼭 챙겨간다. 평소에 쓰는 전동칫솔도 미리 빵빵하게 충전해두고, 일주일 이상의 여행일 땐 워터픽(구강 세정기)도 가져가고… 라고 쓰다 보니 구강 관리 용품을 되게 좋아하네요, 제가. 헤어드라이어는 숙소에 비치된 걸 쓰고, 생리용품은 현지에서 산다. 이게 뭐라고, 은근히 설렌다. 특히 태국에서 우연히 만난 멘톨 함유 생리대가 어마어마했다. 가랑이 사이로 찬바람이 쉥쉥 불어오는데(이하 생략)…. 스킨 케어와 클렌징 제품은 딱히 가리는 게 없어서 일단 자그마한 샘플을 들고 가서 쓰다가 떨어지면 여행지에서 내키는 대로 산다. 그치만 선크림만큼은 항상 쓰는 브랜드가 있다. 소화제도 그렇다. 요런 걸 꼽아보다 보면 나의 우선순위를 알게 된다. 그럼 옆에서 누가 뭔 소리를 하든 좌지우지될 일이 적어진다.

　그렇게 나름의 요령을 부리며 최대한 가볍게 가방을 꾸

려, 떨레떨레 비행기를 타러 갑니다. 그러고선 돌아오는 길
엔 이것저것 한가득 채워 오는 것이죠. 이젠 딱히 살 게 없
네, 한국에 다 있네, 라고 생각하면서도 그냥 오는 건 역시
섭섭하니까요. 아휴, 또 뭔가 지르러 얼른 여행 가고 싶습니
다. 눈물이 나네요….

노브라를

디폴트로

지금이라면 아무렇지 않게 할 텐데, 맨 처음엔 무척이나 어려웠던 일이 있다. 진입 장벽이 높은 일. 실제로 수행 난이도가 높아서 그런 경우도 있고, 마음속 허들을 넘는 게 힘들어서일 때도 있다. 둘 다 어렵지만 두 번째가 좀 더 골 아프다. 자기와의 싸움 같은 거라, 나를 이기든 설득하든 다독이든 해야 하니까. 서두가 길었는데, 노브라 이야기입니다. 그러고 보니 이 글도 노브라로 쓰고 있습니다. 세상 편하네요.

그렇다면 이 몸은 언제 처음으로 공공장소에서 노브라를 시도해보았는가 하면, 참나, 그게 뭐라고 기억을 떠올리는 것만으로도 벌써 비장해진다. 그때는 그만치 큰 용기가 필요했다. 밖에서? 브라 없이? 우와, 상상도 할 수 없었다. 이래 봬도 은근히 흥선대원군 같은 면이 있는 데다 특히 한국에서 노브라인 걸 들켰다간 주먹만 한 짱돌을 맞을 것 같았다. 그도 그럴 게, 너어는 여자애가~ 로 시작되는 약 596,327가지 잔소리를 들으면서 자랐거든요. 몸집도 크고 가슴도 크니, 눈에 띄지 않게 꽁꽁 싸매고 조용조용 조심조심 살아야 할 것 같았다. 다리도 열심히 오므리고, 말대꾸도 하지 않고.

그러던 어느 날, 아마도 2006년 봄이었을 것이다. 스페인 북부 산세바스티안에 도착한 지 일주일째. 날이 푸근해서인지 다들 가벼운 차림새인데, 어깨끈이나 후크 등 브라의 일부가 보이는 걸 신경 쓰지 않는 여성들이 많았더랬다. 곱게 자란 유교걸답게 일단 당황했는데, 잠깐, 어머 웬일이야, 저 사람은 아예 노브라인데? 미쳤나 봐! 하지만 아무도 신경 쓰지 않는 것 같았고, 오며 가며 계속 보다 보니 어느새 내 눈에도 익숙해졌다. 하긴, 가슴 따윈 어차피 나한테도 달려 있는 거라 매일 지겹게 본다. 나도 저 양반들처럼 다녀보고 싶다. 딱 한 번만, 잠깐이라도 조이고 찡기는 것 없이 편하게 밖을 돌아다니고 싶다.

　그래서 해봤다. 아침에 눈을 떠선 곧장 바지와 티셔츠만 입고 지갑만 달랑 들고 밖으로 나갔다. 팬티는 입었는데, 노팬티에 대한 로망은 딱히 없다. 여러분, 제가 지금 담담하게 쓰고 있지만 그땐 속이 엄청나게 울렁거렸답니다. 다들 나만 쳐다볼 것 같았고, 빨리 걸으면 위아래로 출렁거릴 것 같았고, 어깨랑 등을 펴면 젖꼭지가 툭 튀어나와 보일 것 같았다. 두근두근 조마조마. 정말 그랬을까? 브라를 입지 않은 티가 났을까? 사람들이 나를 쳐다봤을까? 알 수 없다. 확실한 건, 세상에, 너무 편했다는 것이다. 그 감각이 지금도 생생하다. 어깨 살을 파고드는 끈도 없고, 갑갑한 밴드도 없고, 빌어 처먹을 와이어도 없고, 근질거리는 후크도 없다. 아주 그냥 존재 자체가 없어!

　빵집에서 아침을 사먹고(판 콘 토마테와 카페 콘 레체, 맛있었다) 숙소로 돌아왔다. 샤워를 하고 브라를 주섬주섬 입었다. 30분짜리 경험으로 충분히 만족했다. 한국에 돌아와서도 가끔 그 일을 생각하긴 했는데, 그치만 뭐 외국에서나 해볼 수 있는 거죠. 그렇잖아요.

　… 라고 아련하게 그 기억을 잊어갈 무렵 반전의 기회를 맞이했다. 셀프 안식년! 살면서 고것 참 잘했구나 싶은 결정이 몇 개 있는데, 그중에서도 손꼽을 만한 게 바로 요 셀프 안식년이다. 1년간 휴식하며, 외국 여러 도시에서 짧거나 길게 머물렀던 경험. 이렇게 말하니까 되게 있어 보이죠? 나는 프리랜서라 일하는 만큼 수입을 얻지만, 잠깐이라도 쉬면 손가락을 쪽쪽 빨아야 한다. 기본 급여가 없다. 그러니 쉬고 싶다고 해서 무작정 저지를 수 없고, 그동안 먹고 살 만큼의 돈을 미리 마련해놔야 했다. 꽤 오래 걸렸다.

　첫 번째 도시인 치앙마이에선 레깅스를 입고서 밖을 돌아다니는 법을 배웠다. 그게 뭐라고 배우기까지 해야 하는 걸까 싶지만, 뭐든 첫발을 떼는 건 쉽지 않았다. 일단 안식년이랍시고 여기까지 오긴 했는데 잘한 게 맞는지 아직은 헷갈리고 마음도 불안한 상황. 뭐라도 배우면 나아질까 싶어 숙소 근처의 요가 센터를 찾아갔다. 그런데 어라, 다들 레깅스와 티셔츠, 브라탑 같은 운동복 차림으로 슥 와서 요가를 하고선 그 복장 그대로 슥 돌아간다. 이래도 되나? 되나 보네? 기회다. 이런 건 남들 다 할 때 슬쩍 묻어가줘야 한다.

그리하여 나도 레깅스 차림으로 도보 10분 거리의 대장정을 시작했다. 첫날은 갖고 있는 것 중에서 제일 크고 긴 티셔츠를 입어 어떻게든 앞뒤를 가렸는데, 하루 이틀 지날수록 윗옷이 점점 짧아졌다. 정신을 차려보니 요가 수업이 없는 날에도 레깅스를 입고 있더라고요? 아니 그게 말이죠, 편한 걸 어떡해. 아주 그냥 사방으로 쫙쫙 늘어나더라고. 그리고 이참에 브라도 벗어던졌다. 마음 같아선 땅바닥에 메다꽂고 싶지만 곱게 자란 유교걸답게 얌전히 벗어서 개어놨다. 이거지 이거. 위아래로 이렇게 자유로울 수가 없네.

뒤이어 포르투갈로, 스페인으로, 터키로 이동해 안식년을 보냈고 그때그때 봐가며 예스브라와 노브라를 오갔다. 없는 줄 알았던 선택의 여지가 알고 보니 있었다. 그렇게 긴 시간을 보내고 한국에 돌아왔는데, 아휴, 이제 와서 브라를 입고 싫겠어요? 절대 싫지! 역시나 상황 봐서, 안 되겠다 싶은 날에만 주섬주섬 주워입는다. 사회생활이란 것도 있으니까. 오랫동안 입던 불편한 브라 대신 가볍고 쫙쫙 늘어나는 브라렛으로 갈아타니 그나마 좀 낫다. 2018년의 일이다. 산세바스티안의 그날 아침, 잠깐의 경험 후 12년이 지나서야 노브라를 제대로 받아들이게 되었다.

지금은 성수동에 일할 공간을 마련해 출퇴근하는데, 손님이 오는 일이 거의 없어서 종일 노브라에 사무실 유니폼 차림이다. 정해진 복장이 있는 건 아니고, 일할 때 입기 좋은 편한 옷을 그렇게 부르고 있다. 어떤 옷이 편한 옷인가 하면, 우선 위아래 모두 상하좌우 대각선으로 미친 듯이 쫙쫙 늘어나야 하며 넉넉하고 헐렁해야 한다. 매끄러운 옷감은 별로인데, 의자에서 슬슬 미끄러지기 때문에 나도 모르게 버티려고 몸에 힘을 주게 되어 피곤해서다. 요런 요건을 적절히 갖춘 동복 버전과 하복 버전의 유니폼을 마련해 출근하자마자 갈아입는다. 브라는 벗지 않는데, 애초에 집에서 나올 때부터 입지 않았다. 혼자 운전해서 출퇴근하기 때문에 이따 퇴근할 때도 마찬가지 차림일 것이다. 혹시 모를 상황을 대비해 가방 속에 브라를 고이 넣어두긴 했다. 그런 상황이 잘 없긴 하지만.

글을 쓰다 말고 가슴을 주물러본다. 주물주물, 이게 뭐라고 그렇게 가두고 조이고 괴롭히면서 살았다. 딱딱하고 뾰족한 와이어에, 두툼한 뽕까지 넣은 브라를 열심히 입었다. 그러지 않으면 큰일 나는 줄 알았다. 여자니까, 여자라서, 라는 말로 나를 열심히도 콕콕 쪼았던 것 같다. 여행은 소중하고 중요하다. 낯선 곳에서 다양한 경험을 하는 사이 작거나 큰, 사소하거나 사소하지 않은 용기가 생긴다. 잠깐의 시도가 의외로 많은 걸 바꿔놓는다. 그래서 결론이 뭐냐고요? 노브라를 디폴트로, 브라는 필요하면 입을게요. 언제 필요한지는 제가 알아서 판단하겠습니다.

여기까지 와서

스벅이라니

여행 중에 돈 쓸 일이 생기면, 이라고 이야길 시작하긴 했는데 다시 생각해보니 여행은 애초에 돈을 쓰러 가는 거다. 1원 한 푼 벌지 않고 수십 수백만 원을 쓰고만 오는 거죠. 어쨌든 이럴 때, 일단은 가능한 그 지역의 것을 소비하려고 한다. 이런 마음은 숙소를 고를 때나 식사를 할 때, 이런저런 체험 프로그램을 선택할 때 우선순위의 기준이 되어준다. 이왕이면 이쪽으로 하자는 마음.

하지만 다국적 거대 브랜드도 만만치 않게 열심히 소비한다.

전 세계 어디서든 거의 같은 모습이라는 안정감에 기대고 싶을 때가 있거든요. 컨디션이 좋을 땐 마음도 샤라락 열려, 낯선 것을 기꺼이 받아들일 수 있다. 밥이든 디저트든 음료든, 색채든 소리든 질감이든, 낯설어서 신선하고 낯설어서 짜릿하다. 그치만 몸이 골골하거나 마음이 골골한 날엔 그냥 마냥 부담스럽고 버겁다. 익숙하고 편안한 곳에 슬쩍 섞여서 숨고 싶어진다. 어떤 분위기일지, 뭘 팔지 이미 잘 알고 있는 곳. 나에게 말을 거는 사람도 없는 그런 곳. 서두가 길었는데, 제 마음의 2대 고향인 자라ZARA와 스타벅스Starbucks 이야기입니다.

자라나 H&M 같은 SPA 브랜드의 매장은 대부분 꽤 넓고, 밝고, 내 마음대로 옷을 골라 자유롭게 입어볼 수 있다. 그 과정에서 직원이 말을 건다거나 하는 일도 없다. 홀랑 벗고 트월킹이라도 하기 전에는요. 가격도 저렴해, 갑작스럽게 기온이 뚝 떨어지거나 너무 더워질 때 후다닥 달려가서 급히 옷을 사 입기에도 만만하다. 뭘 너무 많이 먹어(자주 있는 일입니다) 배가 잔뜩 불렀다 싶을 때도 가는데, 넓은 매장을 열심히 걸어다니며 옷걸이 사이를 샅샅이 뒤지는 사이 1차로 소화가 된다. 맘에 드는 걸 대여섯 벌쯤 골라 탈의실에서 입었다 벗었다 하면 2차 소화까지 끝. 그뿐만 아니라 딱히 할 일이 없을 때도, 비가 주룩주룩 내려 산책하기 애매할 때도 SPA 매장이라면 두어 시간쯤은 쉽게 훅 지나간다. 에버랜드 야 뭐야….

특히 나는 자라를 아주 좋아한다. 칠면조 턱살 같은 화려한 스타일에 그렇게 끌린다. 여행가방 크기라는 게 뻔하니 보통은 거기서 거기인 옷을 몇 벌 가져가선 계속 돌려 입느라 지루해지기 일쑤인데, 중간중간 자라에서 괴이한 옷이나 액세서리를 사 입으면 그게 그렇게 기분전환이 된다. 어디 좀 좋은 곳에서 식사해야지 싶은 날엔 더 그렇고. 45번째 생일은 방콕에서 맞이했는데, 매일 같이 세상 편한 차림으로 돌아다니다 이날만큼은 화려한 원피스를 쫙 빼입고 만다린 오리엔탈 호텔에서 혼자 신나게 애프터눈 티를 즐기며 셀프 축하를 했다. 자라 님 고마워요. 사진발도 끝내줬다고. 당시에 머물던 숙소엔 꽤 괜찮은 수영장이 딸려 있어, 체크인하자마자 후다닥 자라와 H&M으로 달려가 수영복을 한 벌씩 사 와선 2달 내내 번갈아 입으며 실컷 뽕을 뽑았다.

자라 쇼핑을 하기 가장 좋은 곳은, 너무 당연한 얘긴데, 스페인이다. 왜? 그야 스페인 브랜드니까. 전 세계에서 자라 값이 제일 싼 나라라고요. 세일 한 번 했다 하면 아주 난리도 그런 난리가 없다. 그사이에 끼어 옷을 낚아채는 기분은 최고다. 특히 마드리드엔 세계에서 가장 큰 자라 매장이 있는데, 이 도시에 1달쯤 머무는 동안 나는 여길 참으로 뻔질나게 드나들었다. 날이 좋아서, 날이 좋지 않아서, 날이 적당해서 가고, 가고 또 갔다. 지하철 누에보스 미니스테리오스 역 바로 앞이라 찾기도 쉽다. 무려 1,800평 넓이의 4층짜리 거대한 자라 건물이라니 굉장하죠. 그야말로 자라 중의 자라랍니다.

스타벅스 역시 무척이나 소중한 존재인데, 특히 혼자서 조금 긴 여행을 하다 괜히 외로워지는 날엔 스타벅스에 들어가 항상 마시는 똑같은 커피를 주문해 제일 안쪽 자리에 짱박혀 앉아 있는 걸 좋아한다. 스타벅스 특유의 혓바닥이 문드러지게 쓴 아메리카노를 마시고, 전 세계 매장에서 동일하게 튼다는 음악을 들으며 멍하니 벽이랑 천장을 보고 있으면, 어느 순간 그 공간에 내가 샤악 녹아드는 기분이 든다.

여기가 어딘지, 어느 나라 어느 동네인지도 잊어버린다. 매일같이 가는 집 앞 스타벅스 같아서 마음이 안정된다. 낯설게만 느껴지던, 실제로도 낯선 이곳이 왠지 친근하고 만만한 것 같은 착각도 든다. 나름의 테라피다.

노트북이나 책을 펴놓고 오랫동안 시간을 보내기도 좋다. 개인이 운영하는 가게에서 그러는 건 좀 미안하니 이럴 땐 역시 스타벅스다. 나라마다 정책이 조금씩 다르긴 한데, 어지간하면 빵빵한 와이파이를 무료로 제공한다. 화장실 깨끗한 건 말할 필요도 없고. 스타벅스 매장은 오가는 사람이 많은, 시끌시끌하고 밝은 곳에 있는 경우가 많아 안전하다는 느낌도 준다. 이래저래 장점이 많다. 그래서 나는 숙소를 고를 때 주변에 스타벅스가 있는지 미리 체크해본다. 뮤지션이자 작가인 오지은 씨에게 이 이야기를 했더니, 그는 코스메틱 브랜드 이솝Aesop 매장을 숙소 검색의 기준으로 정한다고 대답했다. 예? 왜요? 이유인즉, 이솝은 주로 힙하고 세련된 지역에 매장을 오픈하기 때문이란다. 아, 하고 감탄했다. 역시 베테랑 여행자에겐 각자의 특별한 팁이 있는 것이다. 다음엔 나도 이솝을 노려봐야지.

세계 어느 곳의 매장이든 비슷비슷하다곤 했지만, 자세히 보면 메뉴가 조금씩 다르긴 하다. 그래서 스타벅스의 음식 쇼케이스는 구경할 맛이 난다(맛있다고는 하지 않았습니다). 스페인이나 포르투갈의 스타벅스엔 생오렌지를 통째로 짜는 기계가 있는데, 식당이나 카페, 심지어 편의점에서도 쓰는 흔한 기계다. 그만큼 신선한 오렌지가 넘쳐나는 나라니, 마시지 않으면 손해! 그란데 사이즈로 주문하면 그 자리에서 쫘악 짜주는데(라고 말씀드리는 순간 입에서 침이 나오네요), 어휴, 어마어마하게 맛있습니다. 그거 마시는 재미로 출근 도장을 찍었네요. 샌드위치류가 제일 괜찮은 곳은 역시 터키인데, 일단 빵의 퀄리티가 완전히 다른 데다 재료를 아주 그냥 터질 듯이 꽉꽉 채워준다. 터키 음식이 워낙 맛있고 저렴하니 제대로 만들지 않으면 팔리지 않을까 봐 신경을 많이 쓰는 게 아닐까나. 그러고 보니 이곳 스타벅스는 커피값도 참 싼데, 특히 고급 라인인 리저브 커피가 1,000원대길래 깜짝 놀랐다. 잘못 본 줄 알았지 뭐예요. 한국 스타벅스의 리저브 커피는, 지금 막 검색해보니 대부분 6,000원 이상이다. 터키, 이렇게 싸게 팔아도 괜찮겠어요? 저야 너무 고맙지만요.

한편, 나는 영어 이름을 따로 만들지 않고 어디서든 본명을 쓰는데, 그래서 문제가 생긴 적은 지금까지 딱히 없었지만 스타벅스에서만은 살짝 고민스러워진다. 음료를 주문하면 으레 컵에 손님의 이름을 쓴 다음 다됐다며 호명하는 방식이라서다. 많은 나라에서 이렇게들 한다. 하지만 그러잖아도 바쁘고 정신없는 직원에게 '예희'라는 어려운 이름까지 알려주는 건 너무 가혹한 일 아니겠습니까. 그래서 간단히 성만 이야기한다. 신, 입니다. 순간, 바리스타의 얼굴에 애매한 표정이 샥 스쳐 지나간다. 그리고 잠시 후 받은 음료 컵엔 'sin'이라는 묵직한 단어가 쓰여 있는데, 아니 여보세요, 'sin'이라니요. 순식간에 죄악으로 가득 찬 여인이 되어버렸다. 홀짝홀짝 마실 때마다 죄의 달콤한 맛이 느껴진다… 라는 건 거짓말이지만. 터키에선 종종 'şin'이 되기도 했는데, 요건 '정강이'라는 뜻이다. 죄 많은 여인과 정강이 중에 어느 쪽이 나은 건지는 아직도 헷갈린다. 그러고 보니 터키의 스타벅스는 여러 가지 의미에서 좀 독특했다. 직원에게 유혹을 받은 것도, 옆 테이블의 손님에게 웬 초콜릿 케이크를 받은 것도 터키가 유일했다. 저쪽 테이블의 신사분이 보낸 케이크라니, 왠지 굉장하다.

자라든, 스타벅스든, 당장 한국에서도 얼마든지 갈 수 있지만 그래도 이왕이면 여행 중에 살짝 피곤한 몸으로 들르고 싶다. 정말, 너무, 진짜, 간절히 그렇다. 다들 동감하시죠, 그렇죠.

화려한 컬러와

얼얼한 냄새가 가득한 곳

분명 그전에도 몇 차례 외국 여행을 다녀왔지
만, 나의 '진짜' 첫 번째 여행은 1999년 11월의 방콕 여행이
라고 생각한다. 이렇게 이야기하면 그 전의 여행들이 어마어
마하게 섭섭해할 것 같긴 하다. 야, 그럼 우리는 가짜라는 거
야? 그럴 리가요. 그저 처음으로 혼자서 2주라는 긴 시간을,
그것도 한 도시 안에서만 꾸역꾸역 보냈다는 게 대견하고 장
해서 그렇다. 그 전과 후의 여행이 아주 많이 달라져서 그렇
다. 심지어 삶을 대하는 태도마저 꽤 바뀌었다고 생각한다.
방콕 여행은, 그만큼 저에게 임팩트가 큰 사건이었답니다.

당시 나는 직장에서 해고 당한 직후였고, 이참에 아예 프리랜서로 일하는 건 어떨지 슬슬 고민을 시작하던 참이었다. 머릿속은 이래저래 복잡했지만 당장 일은 없고 시간은 아주 많았다. 몇 달간 밀린 급여를 정산받아 나온 거라 돈도 좀 있었고. 그래서 에라, 모르겠다며 태국에 갔던 것이다. 마음만 먹으면 태국 일주도 충분히 할 만한 2주 동안 왜 내내 방콕에서만 콕 박혀 지냈는가 하면, 특별한 이유가 있었던 건 아니다. 그게 말이죠, 그냥 쫄아서 그랬습니다.

혼자 여행하는 게 처음이라 다른 도시로 이동할 엄두가 요만큼도 나지 않았다. 방콕의 중앙 기차역인 후알람퐁 역에 가보긴 했지만 뭘 어디서부터 어떻게 해야 할지 그저 멍했다. 한국에서도 혼자 기차를 타본 적이 없는데 방콕에서? 후알람퐁 역은 거대한 혼돈 덩어리였고, 나는 온 사방에 가득한 어마어마한 소음과, 인파와, 의미를 알 수 없는 태국어와, 온갖 냄새까지, 그냥 모든 것에 싹 압도되었다. 안돼, 안돼. 지금 여기서 기차 잘못 타면 영원히 집에 못 갈지도 몰라.

그래서 카오산 로드에서부터 걸어다닐 수 있을 만한 거리까지만 매일같이 열심히 왕복했다. 카오산 로드는 배낭여행자들이 많이들 모이는 거리인데, 싼 숙소나 여행 정보 같은 걸 얻으려면 일단 거기로 가라길래 무작정 갔던 것이다. 스마트폰 같은 건 상상도 하지 못했던 시절이다. 다리도, 허리도 아프지만 택시고 버스고 뭐고 간에 탈 엄두가 나지 않았다. 안돼, 안돼. 카오산 로드로 다시 돌아오지 못하면 큰일이 잖아. 길바닥에 빵조각이라도 뿌려서 지나온 길을 표시해야 할 것 같았다. 헨젤과 그레텔처럼요.

그만큼 무서웠지만, 그 와중에 또 재미는 엄청나게 있어서 멈추진 못했다. 2주 동안 그렇게도 열심히 걸어다닌 나의 방콕은, 이제 와서 구글 지도를 켜고 다시 들여다보니 도시의 아주 작은 일부에 불과했다. 좁거나 넓은 길을 돌고 또 돌았는데도. 그렇게나 많은 것을 보고 듣고 맛보았는데도.

그리고 나는 프리랜서가 되었다. 1년, 3년, 5년, 정말이지 열심히 일하며 20대를 보냈고 짬나는 대로 길거나 짧은 여행을 다녔다. 그리고 30살이 되던 해, 7년 만에 나는 다시 방콕으로 향했다. 갓 개항한 수완나품 공항에 어어, 하며 놀랐다. 언제 생긴 거지? 지난번엔 분명 돈므앙 공항으로 입국했었는데? 아, 그러고 보니 그땐 인천공항 개항 전이라 김포공항에서 비행기를 탔었지. 그 사이 정말로 많은 게 바뀌었구나. 방콕도 서울도 달라졌고 나도 달라졌다. 굳이 카오산 로드에 머무는 대신, 그때보다 좀 더 요령 있게 찾은 괜찮은 숙소에 체크인했다. 그리고 그때처럼 2주 동안 혼자서 방콕을 여행했다. 느긋하게, 쾌적하게, 편안하게. 돌아다니는 사이사이 나도 많이 컸네, 라며 혼자 생각하고 혼자 웃었다. 많이 웃었다. 우리 동네도 아닌데 왜 우리 동네 같은 걸까, 여긴.

그때부터 지금까지, 태국을 향한 내 사랑은 변함없이 뜨겁다. 어쩌 점점 더 뜨거워지는 것도 같다. 작가 가쿠타 미츠요角田光代는 에세이 《언제나 여행 중》에서 이렇게 썼다. 처음 태국을 여행하던 때 완전히 홀려버렸다고, 이후에도 마치 첫 남자의 그림자를 찾아 집착하듯 계속 태국에 가게 되었다고. 작가님, 죄송하지만 혹시 저인가요? 태국은 이래서 무섭다. 사람을 이렇게 홀린다. 구경할 것도 많고 맛있는 것도 많다. 화려한 컬러와 패턴, 정신없는 소음, 얼얼한 냄새가 가득하다. 여기서 한 방, 저기서 한 방 맞고 비틀거리다 보면 어느새 싸악 홀려버려, 두고두고 허우적대며 자꾸만 다시 찾게 된다.

태국 타령을 하다 보니 가슴이 쿵쿵 뛴다. 입안에 맵고 달고 시고 짭짤하고 감칠맛 나는 솜땀 양념 맛이 도는 것만 같다. 아우, 침 나와! 태국 하면 솜땀이다. 목놓아 부를 이름 솜땀! 내 부모님은 요걸 '태국 김치'라고 부른다. 그럴싸한 별명이다. 솜땀을 처음 먹었을 땐 내 눈에도 짤 없이 무생채로 보였다. 그렇잖아요. 허옇고 오도독거리는 채소 같은 걸 딱 무생채 사이즈로 착착 채쳐서 새콤달콤하고 맵게 무쳤는걸. 하지만 정말로 무를 넣는 건 아니고, 완전히 익지 않은 푸른 파파야 속살을 쓴다. 겉은 진하고 선명한 초록색이고, 속살은 흰색에 가까운 아주 밝은 연두색이다. 요게 완전히 푹 익으면 당근마냥 진한 주황색으로 변한다. 파파야라는 과일은 익기 전과 익은 후가 참 다르다.

솜땀은 이 푸른 파파야 속살을 가늘게 채 썰어 절구에 담은 후 생선 액젓과 소금, 작고 매운 고추, 마늘, 팜 슈거(요게 끝내준다. 조청처럼 진득하고 묵직한 단맛), 레몬과 타마린드처럼 향긋하고 새콤한 열매의 즙을 때려 넣고 사정없이 쿵쿵 찧어 만든다. 영혼을 다 바쳐 솜땀을 찧는 요리사의 모습을 보고 있으면 혹시 집에 무슨 일 있으신 건지 걱정될 정도다. 죽어라, 파파야 새끼! 라는 말풍선이 보이는 것 같다. 처음 그 광경을 봤을 땐 좀 쫄았는데, 어떤 식당에 가든 솜땀을 만들 땐 그렇게 하는 걸 알고 나선 안심했다. 솜땀은 한 입 먹으면 입에서 침이 쫙 나오면서 식욕이 확 도는데, 태국의 식당에선 무슨 음식을 먹든 간에 솜땀 한 접시는 함께 주문해야 한다. 입안이 개운해진다.

관광업 인프라가 빵빵한 나라답게, 어지간한 태국의 식당엔 영어 메뉴판이 준비되어 있다. 보통은 인기 있는 추천메뉴를 맨 첫 페이지에 몰아놓는데, 똠얌꿍과 팟타이 그리고 솜땀은 절대 빠지지 않는다. 요 3종 세트라면 탕 하나, 국수 하나, 샐러드 하나인 셈이니까 둘이서 먹기에 적당하다. 물론 나는 혼자서 싹 다 주문한다. 애초에 맛있는 걸 먹으려고 여행하는 거라 아깝다 생각 않고 팍팍 시킨다.

밥을 추가해도 좋다. 폴폴 날리는 길쭉한 인디카 쌀로 지은 밥(카오 쑤어이)이라면 접시에 한가득 담아줄 거고, 향긋하고 쫀득한 찹쌀밥(카오 니아오)이라면 비닐봉지 안에 주먹만

하게 뭉쳐 담아 대나무로 짠 용기에 넣어줄 거다. 나는 단연 찹쌀밥이다. 요 따끈한 걸 손으로 조금씩 떼어서 솜땀이랑 같이 오물오물 먹으면, 그게 뭐라고 참 맛있다.

여행 초반엔 왠지 긴장되고 망설여져 영어 메뉴판의 익숙한 음식만 머뭇거리며 주문하지만, 하루 이틀 보내고 나면 슬슬 용기가 난다. 이젠 태국의 더운 날씨에도 적응된 것 같고(한국의 여름도 만만치 않으니까), 태국어도 어느 정도 귀에 들리는 것 같다(이건 확실히 착각이다). 이젠 좀 더 동네 식당스러운 곳에 진출할 때인데, 어머나, 메뉴판 난이도가 갑자기 확 올라간다. 그나마 사진이라도 붙어 있으면 대충 짐작이라도 할 텐데, 태국어만 쓰여 있는 메뉴판을 받으면 되게 당황스럽다.

한때는 에라 모르겠다, 하고 대충 찍어 주문했는데, 요즘은 구글 번역기 앱 덕분에 이것저것 잘 주문해 먹는다. 사진을 촬영해 그 속의 텍스트를 선택하고 영어로 번역한 다음(한국어보단 영어 번역 결과가 낫다), 구글에서 레시피를 찾아본다. 재료와 조리법을 대충 후루룩 읽어보는 것만으로도 맛이 어떨지 감이 잡힌다. 전혀 어렵지 않다. 우리 구글 선생님들께 깊이 감사드리며, 자, 이제 몰라서 못 먹었던 온갖 태국 음식에 도전할 차례입니다. 무엇보다 다양한 솜땀이 기다리고 있다고요!

여러분은 솜땀의 종류가 엄청나게 많다는 걸 아시나요? 사우스 코리아에 배추김치, 총각김치, 깍두기, 나박김치, 동치미, 신이 내려주신 갓김치, 파김치, 오이소박이, 보쌈김치 등이 있다면 태국엔 만만치 않게 다양한 솜땀이 있다. 지역 주민들에게 인기 있는 식당이라면 솜땀 카테고리만 메뉴판의 2페이지 이상을 차지하기도 한다. 다 먹어봐야지, 안 그럼 억울해서 집에 못 가!

일단 솜땀이란 기본적으로 채 썰어 양념한 파파야 속살이고, 여기에 뭘 더 넣느냐에 따라 종류가 촤라락 갈린다. 그중에서도 무난하게 맛있는 건 이런 것들인데….

– 솜땀 타이 : 우리가 아는 딱 그 솜땀. 토마토, 그린빈 등을 넣기도 한다. 말린 새우랑 땅콩 다진 걸 흩뿌린다.

– 솜땀 탈레 : 새우랑 홍합, 오징어 데친 것 등의 해물을 넣는다.

– 솜땀 허이켕 : 살짝 데친 피꼬막을 듬뿍 넣는다.

만약 콤콤한 젓갈을 좋아하는 사람이라면(저요, 저요!)….

– 솜땀 뿌 : 소금에 절인 게를 넣는다.

– 솜땀 뿌 쁠라라 : 소금에 절인 게와 생선젓갈을 넣는다.

– 솜땀 호이동 : 홍합살젓갈을 넣는데, 어리굴젓이랑도 좀 비슷
   하다.

요런 것도 있다. 2가지 모두 어마어마하게 맛있다.

– 솜땀 카우폿카이키엠 : 아주 달콤한 옥수수랑 염장 달걀을 넣
   는다. 여기엔 보통 채 썬 파파야는 넣지 않는다.

– 솜땀 싸이땍 : 숯불에 구운 곱창을 넣는다.

특히 솜땀 호이동과 솜땀 싸이땍이 끝내주는데, 한 입 딱
먹으면 없던 종교도 생길 것 같다. 양쪽 귀에 쌍으로 상투
스Sanctus가 울려퍼진다… 라고 썰을 풀다 보니 눈물이 날 것

같다. 내가 미쳤지, 코로나로 여행도 못 가고 있는데 무슨 영광을 누리겠다고 이런 글을 쓰고 있는 걸까.

'우리 동네'라는

과몰입의 순간

시간 가는 줄도 모르고 재밌게 하던 건데, 이거 한 입만 잡숴보라며 주변에도 열심히 권했던 건데, 어느 날인가부터 좀 시들해지는 때가 온다. 이상하다, 분명 이렇지 않았는데? 그치만 재미로 하는 일은 대부분 그렇다. 어디서 무슨 떡밥이 튀어나올지 몰라야 헉, 하며 놀라고 설렐 텐데, 슬슬 패턴이 보여서 그렇다. 영원히 질리지 않고 그냥 마냥 행복하면 좋겠지만 마음과는 달리 점점 눈이 흐려지는 것이죠(라고 말하며 과거의 덕질을 아련하게 떠올린다). 여행도 여기에서 자유로울 수 없다. 취향이 바뀌고, 쓸 수 있는 예산이

달라지니 내 마음도 변하는 모양이다.

　특히 예산의 변화, 요게 크다. 아무래도 20대보다는 30대가, 40대가 여유롭다. 주머니가 넉넉해지면 자연스럽게 지출의 우선순위를 재조정하게 된다. 나에게 잘해주고 싶으니까. 더는 도미토리에서 묵기 싫어진다. 샤워실도 제발 혼자 쓰고 싶다. 어릴 적엔 그러려니 했지만 이젠 갑갑하고 불편해 업그레이드하고 싶은 것이다. 먹는 것도 달라진다. 열심히 이것저것 먹고 다닌 덕에 어느새 입이 고급이 되었는지 더 맛있는(비싼) 걸 먹고 싶고, 맛도 맛인데 분위기도 괜찮았으면 좋겠다. 한참 줄 서서 기다리는 것도, 정신없는 소음도, 불친절한 서비스도 이젠 싹 다 피곤하다. 그런 것에 진을 빼느라 다음 일정을 제대로 즐기지 못할 바에야 얼마간의 돈을 더 써서 편하게 있고 싶다. 기존의 씀씀이를 부정하거나 무시하는 게 아니라, 어쩔 수 없이 자연스레 그다음으로 넘어가는 것이다. 그리고 새로운 것을 맞이하며 신기해하고, 즐거워하고, 쾌적해한다. 이렇게, 여행이 예전만큼 즐겁지 않다는 생각이 들 땐 판을 좀 바꿔야 한다.

그래서 나는 돌아다니기를 멈추고 한 지역에 오래 머물러 보기로 했다. 얼마나? 2주일 때도 있고 2달일 때도 있다. 그 이상일 때도 있다. 포인트는 이거다. 지겨워질 때까지 있어 보기. 그렇다고 해서 '살아봤다'는 생각은 안 한다. 저 거기에서 살다 왔어요, 라는 말도 안 한다. 아니 못 한다. 여행은 돈을 쓰는 거지 돈을 버는 게 아니다. 아껴 쓰든 펑펑 쓰든, 돈은 버는 것보다 쓰는 게 훨씬 재미있다. 나는 여행하며 재밌게 놀았지, 치열하게 살지 않았다. 살아봤다는 말은 그래서 함부로 할 수 없다.

그래도 어느 순간엔, 우와 나 이 동네 사람 된 것 같아! 라는 감각을 느낄 때가 있다. 잠깐이지만 그렇다. 착각일까? 아무렴 어때. 여행 초반, 한 셋째 날쯤까지만 해도 여전히 바짝 긴장해 두리번거리느라 정신없지만 그렇게 며칠 더 보내다 보면 예고 없이 이런 감각이 훅 들어온다. 세상 가벼운 차림으로 아침을 먹으러 가, 이런저런 음식을 주문해 우물우물 먹다가 깨닫는다. 와, 나 지금 되게 무심하게 이 집에 들어왔는데? 엄청 시크하게 주문했는데? 심지어 인증샷도 안 찍었어. 어차피 내일도 올 거라서! 라고 감동하기엔 누가 봐도 너무나 외국에서 온 여행자 티가 풀풀 나긴 하지만, 알게 뭡니까. 너무 즐거운 걸요.

이런 순간을 영접해버리고 나면 이 동네가 갑자기 '우리 동네'로 바뀌어버린다. 드디어 과몰입이 시작되는 것이다. 마음이 느긋해지고 너그러워지며, 시야도 넓어지는 것만 같다(착각이다). 허허, 우리 동네 운전자들은 차를 저따위로 몰고 다니는구만. 허허, 우리 동네 사람들은 쓰레기 분리수거를 이따위로 하는구만. 뒷짐 지고 배를 내밀며 맘속으로 오만가지 참견을 한다. 동네 주민대표 선거에라도 출마할 기세다(그런데 외국에도 그런 게 있나요?). 부동산 유리창에 붙어 있는 주택 시세도 눈여겨본다. 어느 날은 카페 야외 테이블에 앉아 느긋하게 사람 구경을 하다가, 큰 가방을 질질 끌고 가는 여행자를 보며 오, 놀러 왔나 보네, 좋겠어, 라는 생각을 한다. 본인도 여행 중이면서 말이에요. 웃겨 아주.

도착해서(1), 며칠 지났더니(2), 어느새 익숙해졌다(3)는 3단계 변화는 이 지역 대중교통 시스템과 식당의 흔한 메뉴, 식료품과 생필품 물가를 자연스레 파악하게 되었다는 뜻이다. 더불어 이 동네 사람들의 일상도 대략 알게 되었다는 얘기이기도 하다. 아침 몇 시쯤에 학생과 회사원이 거리에 쏟아져 나오는지, 빵집이나 죽집, 또는 국숫집은 언제쯤 얼마나 붐비는지, 사람들은 점심과 저녁을 몇 시쯤 먹으며 집엔 또 몇 시쯤 돌아가는지, 러시아워는 어떻게 해야 요령 있게 피해 다닐 수 있는지 같은 것들. 정신을 차려보니 어라? 내가 이런 걸 다 알고 있다. 뿌듯하고 기쁘다. 이렇게 한 걸음 더 동네에 과몰입한다. 세금도 안 내면서.

여행지에서 그런 감각을 맛보고 나면 다시 내 동네, 내 집으로 돌아가야 한다는 게 은근히 섭섭하고 서운하고 아쉽다. 기껏 여길 알게 되었는데 또 떠나야 한다고? 이렇게 된 거, 아예 이주해서 살면 어떨까? 언젠가부터 여행을 준비할 때마다 자꾸 요런 꿍꿍이를 함께 한다. 진짜로, 정말로, 진지하게 생각해본다. 나이를 먹어서 그런가? 40대 중반이 넘었으니 슬슬 새로운 인생을 시작하고 싶은 건가? 당장 저지르겠다는 건 아니지만, 어차피 혼자 살고 혼자 일하니 나만 마음먹으면 어떻게든 될 것이다.

그럼 좋아. 이제부턴 냉정해져야 해. 건조하고 객관적인 눈으로 다시 주위를 둘러보자고. 좋다는 곳만 찾아다니고, 맛있는 것만 골라 먹고, 신나게 쇼핑하는 마음가짐으론 곤란하다. 눈에서 콩깍지를 살살 벗겨내고 단물도 탈탈 털어서 빼야 뭐가 보여도 보일 것이다. 생활인의 눈을 크게 떠본다. 어설프고 섣부르지만 촉을 세워본다. 어때? 이 동네, 어떤 것 같아? 여기서 살아도 될까, 아닐까? 긴가, 민가?

그렇게 혼자만의 마음속 평지풍파를 겪다가 얌전히 짐을 싸 들고 귀국하면 우와, 우리 동네가 갑자기 새로워 보인다. 묘하게 낯설어 설레다가도 마구 반가워진다. 아파트 상가의 이디야랑 세븐일레븐을 보며 아련한 눈빛이 된다. 아, 내가 떠나 있는 사이에도 이곳은 여전하구나… 라고는 하지만 실제론 꼴랑 1달쯤 집을 비웠을 뿐인 주제에.

첫 레게머리와

브라질리언 왁싱

단골 미용실을 만드는 건 그렇게 어렵지 않다. 주기적으로 꾸준히 가면 되니까. 그보다는 이 사람이다 싶은 나의 단골 미용사를 만드는 게 진짜로 큰 문제다. 긴말 필요 없이 내 취향에 딱 맞게 앞머리 길이를 잡아주고 옆머리를 다듬어주고 뒤통수 볼륨을 살려줄 그분. 내 마음을 읽어내는 독심술사 같은 그분! 그런 이를 영접하는 건 인생의 커다란 기적과도 같다. 나는 언제나 나의 단골 미용사 선생님에게 마음속으로 아련한 메시지를 보낸다. 그동안의 방황은 당신을 만나기 위해서였나 봐요. 그러니 제발 다른 숍으로 옮기지 마시라며, 옮기려면 미리 얘기 좀 해달라며, 그래야 쫄래쫄래 쫓아가지 않겠냐며 오늘도 불안한 눈빛으로 바들바들 떠는 것이다. 과장이 아니다. 헤어스타일 문제는 그만큼 난이도가 높다. 그러니, 낯선 지역을 여행하는 도중에 뜬금없이 미용실에 갈 일이 대체 뭐가 있겠습니까. 나는 꼭 이 도시의 유명한 전문가 누구누구에게 헤어커트를 받아야겠다는 확실한 이유가 있는 게 아니라면 굳이 위험을(그렇다, '위험'씩이나 하다) 무릅쓰지 않을 거라고요.

하지만 사람 일은 모른다. 함부로 허리에 손 올리고 배 내밀면서 장담하면 안 된다. 어, 어, 하다 정신을 차려보니 머나먼 나라의 미용실 의자에 앉아 있는 사태가 언제 벌어질지 모른다. 인생이란 그런 것이다. 그리고 저는… 그게 방콕 카오산 로드의 한 이발소였던 것이네요… 파스스….

앞에서도 얘기한 바 있듯이 당시 나는 홍대 앞의 쬐끄만 디자인 벤처회사(지금으로 치면 스타트업이겠죠)에서 해고되자마자 홧김에 태국에 와버린 상태였다. 너 나가, 한마디에 해고라니 드라마도 그렇게는 만들지 않을 것 같다. 심지어 라면 박스에 개인 물건을 다 때려 넣고 터덜터덜 집까지 갔다니까요. 이제 와서 생각해보니 해고 유예 기간이라든가 실업급여라든가 지켜야 하는 절차가 있었겠지만, 그땐 회사도 나도 어리고 미숙했다. 대학교 동기끼리 함께 차린 작은 곳이라 모두 우왕좌왕했다. 좋을 땐 좋았지만 안 좋을 땐 엄청나게 안 좋았고, 미친 듯이 싸웠으며, 한 방에 잘렸다. 그리하여 저는 1999년 11월에 갑자기 백수가 되었던 것입니다. 이제부턴 뭘 어째야 하지? 일단 어디 여행이라도 갈까? 집에 굴러다니는 신문을 이리저리 넘겨보다 광고에 확 꽂혔다. 3박 5일간의 방콕과 파타야 패키지 여행이, 아, 글쎄 놀라운 가격 19만 9,000원이라잖아요. 곧바로 여행사에 전화해 귀국 일정을 연장할 수 있는지 물어보니 선뜻 2주나 뒤로 미루어주기까지 했다. 그런 게 가능했던 시절이었다.

덕분에 패키지 일정이 끝난 후 나 혼자 방콕에 남게 되었는데… 가이드북을 뒤져보니 나 같은 여행자들은 으레 카오산 로드라는 동네에 모인다길래 무작정 찾아갔고, 적당한 게스트하우스의 적당한 도미토리에 체크인하고 짐을 내려놨다. 엄청 피곤했다. 알게 모르게 되게 긴장했었나 보다. 곧 해가 졌고 동네가 북적거리기 시작해 밖으로 나가 야시장 테이블에 앉았다. 뭘 먹어야 할지 몰라 일단 라벨에 사자 그림이 그려진 맥주를 한 병 주문했는데, 평소 주량이 100밀리리터쯤 되고 기분이 아주 좋을 땐 150밀리리터까지는 마시는 인간이지만 그날은 대체 무슨 생각을 했던 건지 그 한 병을 순식간에 쫙 마셔버렸다. 나중에 얘길 들으니 태국 맥주는 우리나라 것보다 알코올 도수도 높다지 뭐겠습니까. 어쩐지 맛있더라.

잘 익은 크랜베리 색 얼굴로 혼자 앉아 있으니 슬슬 뭔가를 파는 사람들이 접근했다. 열쇠고리도 팔고 손지갑이랑 팔찌도 팔고 헤나 타투도 그려주고… 엇, 레게머리요? 그래, 한 번 해보고 싶었어. 이런 게 여행의 맛이지! 그렇잖아도 짧은 커트머리라 뭘 땋고 자시고 할 게 없지만 2인 1조의 스트릿 미용사들은 최선을 다해주었고, 억지로 당기고 또 당긴 끝에 정수리 부근에 새끼손가락 길이의 통통한 애벌레 같은 걸 딱 3가닥 만들어냈다(와이파이 공유기 안테나를 떠올려보세요). 취한 와중에도 좀 불길한 예감이 들긴 했지만, 나도 모르겠다! 그대로 도미토리 침대로 돌아가 뻗었다가 다음 날 아침에 멀쩡한 눈으로 다시 살펴보니, 어휴, 이걸 어떡하지?

뭐 할 수 없지. 일단 살살 머리를 감고(아프다) 살살 물기를 닦은 후(아프다) 밖으로 나가 종일 방콕 시내를 실컷 헤매고 돌아다녔다. 재밌는데, 아프다. 뭘 어떻게 해도 아프다. 보이지 않는 누군가가 내 정수리의 머리카락을 한 움큼 쥐어 잡고 냅다 뜯는 것 같다. 하지만 이왕 한 건데 아깝잖아. 그래서 끙끙대며 참고 참았지만 결국 3일째 날 아침에 포기. 숙소 옆 골목에서 찾은 작은 이발소 문을 열고 들어가 매우 우아한 영어로 부탁했다. 사장님, 저의 머리에서 이것을 제거해 주시겠습니까? Would you please? 그러나 그와 나의 언어는 서로 통하지 않았고, 나는 거울 앞에 놓인 가위를 집어 들고선 애절하게 외쳤다. 컷! 제발 컷이요!

우선 애벌레 3마리를 슥슥슥슥 잘라내고, 엉킨 주변도 잘라내어 살살 풀었다. 그리곤 이걸로는 안 되겠다는 표정으로 좀 더 석둑석둑. 왼쪽이 짧아지니 오른쪽도 짧게, 정수리가 횅해지니 옆머리랑 뒷머리도 균형을 위해 횅하게. 사장님 표정이 너무 심란하고 진지해 덩달아 긴장했는데, 정신을 차려보니 어머나… 내 머리가 사라졌어…. 그리하여 저는 인생 처음으로 스포츠머리를 하게 되었던 것입니다. 젠장, 나도 모른다! 그치만 웃어야지. 실제로 웃기긴 하잖아.

머리가 가벼워져서인지 더 신나게 방콕을 돌아다녔다. 얼굴도 몸도 햇볕에 꽤 그을렸을 것이다. 귀국일엔 여전히 태국 분위기에 취해선 민소매 티셔츠랑 반바지만 입은 채 비행기에 올라탔는데, 한국은 11월 말이라 꽤 쌀쌀한 날씨. 급히 삼성동 도심공항터미널에서 택시를 잡아타니 기사님이 무척 반가운 얼굴로 말을 걸었는데

기사님 : TV에 나오는 분이죠? 내가 딱 알아봤어!
나 : 예?
기사님 : 국가대표 맞죠? 전지훈련 갔다 오는 거잖아! 파이팅!
나 : 예… 감사합니다….

그리고 나는 다음 날 쓸쓸히 단골 미용실의 문을 열고 들어갔으며, 미용사 선생님은 나를 보자마자 입에 주먹을 집어넣으며 오열했던 것입니다. 아니 이게 무슨 일이에요! 누가

이런 짓을 한 거예요! 아니야, 그런 거 아니라고… 진정해….

레게의 아픈 추억 이후 19년의 시간이 흘렀고, 어느새 나는 또 포르투의 낯선 미용실 의자에 앉아버렸다. 한국에 돌아가서 다듬으려고 2달을 버텼지만 더는 못 봐주겠길래 포기. 그래도 이번엔 술도 마시지 않았고 제대로 예약도 했다고요. 구글 지도에서 숙소 주변 미용실을 검색해 고른 건데, 와보니 문자 그대로 동네 사랑방이다. 추정 연령 5060의 어머님들이 와글와글 바글바글한 곳. 다들 나를 도에 지나치게 반겨주셨다. 넘치는 포옹과 키스! 구글 번역기를 동원해 짧게 잘라달라고 부탁했는데, 이게 말이죠, 사우스 코리아에서 말하는 짧은 커트머리와 포르투의 짧은 머리 사이엔 꽤 큰 차이가 있더라고요(멀리 바라보는 눈). 하지만 한국에서 온 손님은 네가 처음이라며 모두 즐거워했고, 심지어 벽에 붙이겠다며 한국어로 추천의 글을 써달라고까지 했는데 어떻게 머리가 마음에 들지 않는단 말을 할 수 있겠는가. 우와, 나는 못 한다. 절대 못 해!

어쨌든 정말이지 느낌 좋은 미용실이라, 이 도시를 떠나기 전날에도 다시 들렀다. 그래봤자 일주일쯤 지난 거라 머리카락 대신 다른 털을 정리했는데… 라는 것은 브라질리언 왁싱을 시원하게 했다는 이야기입니다. 안면도 텃겠다, 이번엔 아래쪽 털을 뜯어달라는 거니까 좀 애매한가요. 그치만 그곳은 털이란 털은 모두 취급하는 프로페셔널 미용실이고 나는 프로페셔널 손님이니 문제없었다. 그리고 뭐니 뭐니 해도 가격이 엄청 쌌는데, 올누드 브라질리언 왁싱이 딸랑 7,000원이니 안 하면 손해였다. 없는 털이라도 쭉쭉 땡겨서 확 뽑아야 했다.

여러분은 브라질리언 왁싱을 해보셨나요? 나의 인생은 털을 뽑기 전과 후로 나뉜다, 라는 건 과장이지만 하고 나면 확실히 좋다. 편하고, 깔끔하고, 쾌적하고, 가볍다. 맨 처음 왁싱을 한 건 치앙마이에서였는데, 여행을 마치고 슬슬 떠날 때가 되니 치앙마이를 추억할 만한 뭔가를 하고 싶었던 것이다. 다른 사람들은 이럴 때 근사한 타투 같은 걸 하던데 나는 왜 왁싱이었는지는 지금도 잘 모르겠다. 정말… 대체 무슨 생각을 하고 사는 걸까요, 저는…. 하여간 인생 첫 왁싱, 이왕 뽑는 거 싹 다 뽑아달라고 했는데 이야, 그게 어찌나 개운하던지 홀딱 반해버렸다. 포르투에서도 그 맛을 잊지 못해 한 번 더 쫘악 했던 것이고. 나 원 참, 다시 한번 말하지만 7,000원이라니 말도 안 되게 쌌다고요.

언젠간 꼭 다시 찾아가고 싶다. 미용실 식구들과 반갑게 포옹하고 키스를 나누며, 머리카락이든 어디든 마음껏 맡기고 싶습니다.

마시지는 않지만,

박카스 마인드

항상 지속가능성을 생각한다. 인생의 숙제다. 인간관계든 일이든 뭐든 그렇다. 치킨을 주문할 때도 매번 물리지 않고 끝까지 다 먹을 수 있을지 심각하게 고민하는데… 아, 이건 아닌가…. 하여간 그래서, 지금 내가 에너지를 몇 퍼센트나 쓰고 있는지 슬쩍슬쩍 셀프 체크하는 버릇이 있다. 휴대폰 배터리도 80퍼센트 이하로 떨어지면 스멀스멀 불안해지는 성격이라 그런가 보다. 놀 때도 살살 몸을 사린다. 날밤을 새운다든가, 확 풀어진다든가, 하던 걸 냅다 뒤집어엎는 일이 드물다. 좋은 일이 생기면 앞으로도 이걸 유지

할 수 있을지 가늠해본다. 오늘만 사는 게 아니라 오래오래 쭉 가고 싶다. 쓰다 보니 정말 이렇게까지 모범생 티 낼 일인 가 싶네요.

여행을 대하는 태도도 별다르지 않은데, 손톱을 드릉드릉 하며 출국일만 기다렸다가 마구마구 일탈을 즐겼다거나 했 던 적은, 음, 아무리 생각해봐도 없다(아, 재미없어). 나는 여행 을 할 때도 한국에서랑 비슷한 방식으로 시간을 보낸다. 사 방에서 외국어가 들려온다고 해서 갑자기 새로운 내가, 몰랐 던 내가 확 튀어나오지 않는다. 만약 그렇다면 너무 무서울 것 같다. 퇴마 해야 하는 거 아냐? 한국에서도 생전 처음 보 는 사람, 예를 들어 대중교통 앞자리에 앉은 사람이나 식당 옆 테이블 손님이랑 갑자기 인사를 나누고 인스타그램 맞팔 을 하지 않으니 외국에서도 어지간해선 그러지 않는다. 평소 텐션대로 지낸다. 장소가 바뀌어도 나는 나니까, 내가 편안 한 상태로 쭉 가는 게 최고다.

하지만 이런 나에게도 으쌰으쌰 응원 타임은 절실히 필요 하다. 지속가능성이란 건 일단 힘내서 괜찮은 상태에 진입한

다음, 그걸 가능한 한 길게 가져가자는 것이지 칙칙하게 축 처진 채로 쭉 가자는 게 아니다. 그렇잖아요. 생각만 해도 별로다. 특히 혼자 있을 땐 더 신경 써야 한다. 지금 내 상태가 어떻지? 무난한가? 맛이 갈락말락 하는 중인가? 이미 갔나? 너무 늦기 전에 중간중간 셀프 체크하고, 필요할 때마다 응원 버튼을 꾹 눌러 의식적으로 텐션을 올린다. 나는 요걸 '박카스 마인드'라고 부른다. 박카스를 언제 마시는지 생각해보면, 아니 그에 앞서 박카스라는 음료의 정체가 뭔지부터 따져보면, 좀 힘들 때 반짝 힘내려고 한 병 쫙 마시는 거 아니겠습니까. 나를 괴롭히는 문제를 근본부터 캐내어 완벽하게 해결하기 위해서가 아니라 잠깐 기분전환 하자는 거죠. 그러면서 숨 좀 돌리고 머리도 잠깐 식히려고요.

혼자 시간을 보내는 중엔 오만가지 생각을 하게 된다. 사실, 생각밖엔 할 게 없다. 그게 싫어서 혼자선 여행하지 않는다는 사람도 있을 정도다. 무엇이 트리거trigger가 될지는 알 수 없다. 딱, 하고 걸리는 순간 과거의 불행한 일이 떠오르고, 현재를 부정적인 시선으로 돌아보게 되며, 미래가 암담하게 느껴지곤 한다. 이때 확 브레이크를 걸어야 한다. 골든 타임을 놓치면 골치 아파진다. 안 돼! 정신 차렷! 하며 마음 속 냉장고에서 차가운 박카스를 한 병 꺼내 뚜껑을 드드득 돌려 딴 다음 숨도 쉬지 않고 쫙 원샷해버리는 것이다. 캬아아! 그렇게 내가 나에게 파이팅을 외치고 하이파이브를 해야 한다. 이걸 잊으면 뭘 보고 뭘 해도 심드렁해지기 쉽다. '아, 여기가 거기야? 인터넷에서 봤어. 아, 이게 그 음식이구나. 뭐 그냥 그렇네.'가 되어버린다. 꼬투리를 잡을 준비가 된 거만한 심사위원마냥 일어나지도 않은 불행을 애써 찾기도 한다. 아우, 싫다! 기쁨과 즐거움, 행복 같은 감정은 생각보다 더 의식적으로 노력해야 겨우 얻을 수 있다. 반대의 감정은 생각보다 더 쉽게 찾아온다. 불공평하죠.

그런데 마음만 다독여서 될 일도 아니다. 미처 예상하지 못한 당황스러운 일이 한둘이 아니어서다. 교통 편의 스케줄이 꼬이거나, 분명히 예약해둔 숙소가 현장에 와보니 취소되어 있거나, 물건을 잃어버린다거나 등등, 뭘 어떻게 할 수도 없는 일이 마음을 놓을 만하면 생기기 일쑤다. 특히 내가 자주 겪는 상황은 요런 건데, 계획한 일정대로 어떤 지역에 도착했더니 어라, 생각보다 별로인 경우다. 이미 숙소 예약에

결제까지 다 하고서 온 건데 막상 3박이나 하기 싫어진다면 어쩐다? 이제는 인터넷을 통해 미리 동네 분위기부터 디테일까지 싹 훑어볼 수 있어서 감 잡기 쉽지만(장점이기도 하고 단점이기도 하다), 여행 가이드북만 믿고 다니던 시절엔 그게 참 어려웠다. 가이드북엔 객관적인 정보만 실려 있을 것 같지만 실은 저자의 주관적인 의견이 살짝살짝 들어가는데, 가련한 여행자는 그 살짝살짝에 생각보다 더 크게 휘둘린다. 저자와 나의 취향이 영 맞지 않기라도 하면, 아휴, 골치 아프다.

하여간 그럼 어떻게 해야 하는가. 일단은 어떻게든 이 와중에 재미를 찾아 나서본다. 그 지역과 근교를 발로 뛰어다니며 열심히 들여다보는 것이다. 그런데 많은 경우, 재미없는 도시는 근교도 어째 비슷하긴 하다. 그렇게 하루 이틀쯤 보내봐도 정말 아니다 싶으면 눈 딱 감고 어서 다른 곳으로 이동한다(환불도 안 되는 숙박비, 안녕…). 나는 이럴 때 결단이 꽤 빠른데, 혼자라서 더 그렇다. 누군가와 상의하고, 조율하고, 미안해하고, 마음 상할 일이 없으니 가볍게 핸들을 확 틀어버린다. 여행할 때만 그런 게 아니라 평소에도 에이, 갖다 버려! 라는 결정을 빨리하는 편이다(주식 손절매도 잘한다… 또

르르…). 이미 들어간 돈과 시간이 아깝지만, 그보다 내 멘탈과 체력이, 안전이 더 귀하다는 판단이 서면 뒤돌아보지 않으려고 한다. 사실 요건 매번 노력이 필요하다. 속상하니까. 그치만 돌아봐서 뭐하겠어요. 떠올리고 곱씹어서 뭐하겠어요. 소도 아니고, 되새김질해서 뭐하겠어요. 괜히 기분만 더 나빠지지.

왜 이런 일이 나에게 일어난 거지? 아아, 이번 여행은(연애는, 학기는, 학년은, 회사는, 인생은) 꽝이야! 라는 생각이 들 때는 그 불행한 일들을 칼로 쿵쿵 잘라서 떼어놔버리자. 끈적이는 단면에 베이비 파우더를 후루룩 뿌려, 다시 들러붙지 못하게 만들어버리자. 좋지 않은 일이 몰아서 일어난다는 건 일종의 신화 같은 소리다. 신화는 재밌지만 내가 주인공일 필요는 없다. 별개의 불행에 내 손으로 굳이 점을 콕콕 찍고, 굳이 꾸역꾸역 그들을 선으로 잇는 건 불행의 별자리를, 징크스를 만드는 짓이다. 그저 각각의 일을 한 번에 하나씩, 그에 맞는 방법을 찾아 해결해나가는 게 5,000배는 낫다. 감정에 사로잡혀 스스로 신화를 부여하면 곤란하다. 신화 속 인물 중에 행복한 작자가, 어디 보자, 과연 있기는 한가요.

그나저나 '박카스' 마인드라고 하긴 했는데, 실은 전 그걸 잘 마시지 않습니다. 아니 그게요, 입에 영 맞질 않더라고요. 동아제약 미안하다…. 하지만 마인드만큼은 진심이라고….

언젠가 변할

취향을 위하여

뭐가 됐든 남에게 추천하려면 일단 해당 영장류의 취향을 파악하는 게 먼저다. 특히 여행지 추천이라면 더 그렇다. 암요, 취향 중요하죠. 취향이란 재채기 같다. 억지로 참거나 꿀꺽 삼키기 어렵다. 나랑은 영 맞지 않는 상황이나 사람과 마주쳤을 때, 잠깐만 버티면 되는 경우라면 사회인의 가면을 쓰고 미소지으며 응대할 수 있지만 어째 시간이 점점 길어지고 주변 환경마저 혹독할 땐 얼굴에서 가면이 스르륵 미끄러져 바닥에 툭 떨어진다. 오공본드로 단단히 붙여놓았지만 버티질 못한다. 나는 이걸 EBS '세계테마기행' 촬영을 하면서 배웠다. 중남미의 벨리즈에서, 처음 보는 제작진과, 약 40도의 무더위 속에, 하루는 정글에서 하루는 동굴에서, 1시 방향엔 주먹만 한 거미가, 6시 방향엔 초록색의 길다란 뱀이, 그 와중에 생리가 시작되고, 이렇게 3주라니 우와, 못 해먹겠더라. 이정도로 금방 후회하게 될 줄은, 현지에 도착하기 전까진 상상도 못했다. 30대 초반, 나는 내 여행 취향을 탐색하며 파악하는 중이었고 일단 뭐든 해보고 싶었다. 그리고 해봤더니 꽥 소리가 나왔던 것이다. 제작진에게도 폐를 끼쳤다. 두고두고 곱씹는 호되고 값진 경험이다.

평소의 나를 좀 더 주의 깊게 살폈어야 했다. 여행 중에도 나는 나다. 장소가 바뀌었다고 해서 갑자기 새로운 자아가 튀어나오지 않는다. 어릴 적부터 지금까지 소풍이란 걸 특별히 좋아한 적 없고, 풀밭에 돗자리를 깔아놓고 노는 게 즐거웠던 적도 없다(수건돌리기? 그걸 왜 돌려야 하지?) 뭐가 기어 다닐지 모를 맨땅에 얇고 버석거리는 천 같은 걸 펴놓곤 곧바로 음식을 올리다니 체할 것 같다. 몸이 근질거린다. 내 자동차 트렁크에 캠핑 의자를 넣어둔 이유는 여차하면 최대한 땅에서 높이 떨어진 곳에 앉기 위해서다. 벤치는 거미줄이 있을 것 같아서 싫다. 아름다운 바다와 해변? 너무 좋죠. 카페 통유리창 너머로 보면 더 좋습니다. 신발에 모래가 들어가는 건 싫다. 애초에 신발을 벗을 계획도 없다. 온천은 물론이고, 동네 목욕탕에도 가지 않는다. 헬스장 샤워실도 어지간하면 이용하지 않는다. 남들도 들어가는 탕에 몸을 담그는게 싫고, 공용 의자에 맨살을 대는 건 아아… 지금 막 상상해봤는데 역시 안 되겠다. 하지만 주위 사람들이 가자고 하면 묵묵히 따라간다. 대세가 그쪽이라면 따른다. 사회생활이라고 생각하면 할 만하다. 공원에서 돗자리 깔고 피크닉 하고 싶다고? 그래, 재밌겠네. 다 같이 찜질방 가자고? 그래, 따뜻하겠네. 주말에 등산하자고? 그래, 숨차겠네… 이래 봬도 나름 표정 관리는 열심히 한다. 겉으로 불평하진 않는다. 어른이니까.

혼자 여행할 땐 사회생활 모드를 끈다. 돈 들여, 시간 들여 나 좋자고 하는 거니 딱 내 마음만 신경 쓴다. 취향을 충실히 따라간다. 나는 정말이지 도시를 너무나 사랑하는 인간이며, 잘 갖춰진 최신의 인프라를 실컷 누리는 게 큰 행복이다. 공원 산책을 한다면, 서울숲이나 도산공원처럼 도심의 깔끔한 곳을 찾고 싶다. 온천으로 유명한 여행지에서도 뽀송뽀송 마른 몸으로 지낸다. 이런 나에게 안나푸르나 트레킹이라든가 사하라 사막 캠핑 같은 걸 추천해준다면, 아유, 말씀은 감사하지만 사양하겠다. 나는 가장 최근에 오픈한 거대한 쇼핑몰을 검색해 오픈 시간 딱 맞춰 입장해선 3끼 식사에 애프터눈 티까지 야무지게 챙겨 먹고 발 마사지도 받으면서 문 닫을 때까지 놀 수 있는 사람이다. 아웃렛도 좋고 대형마트도 좋다. 이 동네에서 유행하는 물건을 실컷 구경하고 오가는 사람들을 하염없이 구경한다. 상상만 해도 행복하다.

날씨 취향은 어떤가? 프리랜서라 여행 시기를 비교적 자유롭게 고를 수 있는데, 지난 여행들을 쭈욱 돌이켜보니 추운 곳엔 거의 가지 않았다는 걸 깨달았다. 와, 정말이네. 최고로 좋아하는 시기란 건 딱히 없지만 피하고 싶은 때는 확실히 있나 보다. 나는 마음에 담아둔 지역의, 마음에 담아둔 시기의 날씨를 검색한 다음 만약 코트나 패딩같이 두꺼운 옷을 입어야 한다면 그 마음을 살포시 접는다. 가볍고 얇은 점퍼 정도라면 몰라도, 큼직한 겨울옷은 부대끼고 힘들어서 그렇다. 추우면 몸이 아프고 인내심이 금방 바닥난다. 이곳저곳 걸어 다니는 걸 좋아하는데, 귀도 시렵고 코도 시렵고 손도 시려울 것이다. 사진이랑 영상도 찍어야 하는데, 장갑은 촬영에 방해될 거고 맨손은 내가 고통스러울 것이다. 여행 중에만 그런 게 아니라, 우리 동네에서도 추운 건 싫다. 비 오는 것도, 눈 오는 것도 모두 뽀송뽀송 쾌적한 실내에서 바라보고 싶다. 어딘가엔 눈비를 맞으며 돌아다니는 걸 좋아하는 사람도 있겠죠. 세상에는 다양한 사람이 있으니까요. 그치만 나는 아니야… 아니라고….

눈길과 빙판길도 무섭다. 나는 40대 중반이고, 어디든 금이 가거나 부러지면 이젠 잘 낫지 않을 것이다. 삶의 질이 확 낮아지겠지. 정말이지 엄청 몸을 사리죠? 제가 생각해도 좀 답답하긴 하지만, 한편으론 겁 많고 몸 사리는 덕분에 크게 다치는 일 없이 무사히 여행하는 거라고 생각합니다. 하여튼 이러저러한 이유로 따숩고 포근한 날씨의 여행지가 좋다.

새삼 이렇게 찡찡거리면서도 요리조리 여행을 잘 다니는 게 좀 신기하다. 가슴에 품은 호불호야 어쨌든 막상 닥치면 여기저기서 잘 자고, 이것저것 잘 먹는다. 우리가 가진 우선순위는 상황에 따라 왔다갔다하며 바뀔 수 있어서 그렇다. 요럴 땐 엄청나게 깔끔 떨다가도 저럴 땐 갑자기 마구 관대해질 수 있다. 그래, 내가 여행을 좋아하긴 하나 보다. 힘들고 싫은 순간도 있지만 좋을 때가 훨씬 많으니까 가고, 가고, 또 가나 보다. 투덜거리면서도 눈 딱 감고 덤빌 만큼 여행을 좋아한다. 여행을 사랑한다.

이 글을 쓰다 말고 조금 망설였는데, 내 여행 취향은 분명히 변할 거라서다. 여행만 그런가, 입맛이든 향수든 음악이든 손톱 다듬는 모양이든 예외 없이 변할 것이다. 어쩌면, 언젠가는 오늘의 이야기를 민망해하며 주워 담고 싶어질지도 모른다. 그치만 결국 이렇게 썼습니다. 취향 이야기는 재밌으니까요.

여행과 출장의

경계에 서서

여행작가라는 직업이 잠깐 떴던 시절이 있었다. 마카롱이나 크로플, 크림 한가득 넣은 도넛이 그때그때 유행하듯, 직업도 반짝할 때가 있는 것이다. 온전히 밥벌이를 할 수 있는 안정적인 직업이라기보단 투잡용으로, 물론 뒷순위로 인기였던 것 같다. 이해합니다. 남의 일은 왠지 진입 장벽이 낮아 보이죠. 전업 유튜버가 만만해 보이는 것처럼요. 한동안 근사한 사진과 아포리즘을 엮은 어여쁜 여행 에세이가 많이 출간되었다. 과감히 직장을 그만두고 세계여행을 떠난다는 스토리도 흔했다. 뭐든 지속가능성을 중요하게 생각하는 내 입장에선 그들의 오늘이 궁금하다. 다들 잘 지내시나요.

짧은 코스를 수강하면 여행작가로 만들어준다는 글쓰기 강좌도 여기저기서 등장했는데, 내용을 살펴보니 책을 몇 권 출간한 기성 여행작가가 선생님 소리를 들으면서 진행하는 모양이었다. 수업을 하는 건지 회식을 하려는 건지 좀 헷갈리지만. 그리고 끝에 가선 자기랑 친한 출판 편집자를 연결시켜주는 식이다. 심지어 몇몇 대학교 부설 평생교육원에도 요런 강좌가 개설되었는데, 어찌어찌 하다 보니 저에게도 강사 자리 제안이 들어왔지 뭐겠습니까. 수강생의 돈을 쉽게 먹을 수 있는 기회라니 어찌나 황송하던지. 비록 한 큐에 거절했지만….

왜 이런 붐이 불었을까? 아마도, 잘 몰라서 그랬을 것이다. 여행작가란 돈을 받으면서 여행하는 사람일 거라 생각했기 때문일 것이다. 그대로만 된다면 최고겠네. 얼마나 편하고 즐겁고 신날까. 물론 진짜로 그렇게 사는 작가도 있을 것이다. 세상은 넓으니까. 하지만 대한민국에선 딱 그 일로만 먹고 사는 경우가 아주 드물 것이다. 여행작가도 작가니까 글을 써서 먹고 살아야 할 텐데 애초에 이 나라에선 글에 그렇게 큰돈을 주지 않는다. 사실, 엄청나게 짜다. 소금 결정이 아름답게 돋은 종갓집 간장독 같다. 그리고 여행을 보내드릴 테니 다녀와서 글을 써주세요, 가 아니라, 작가에게 어디 어디 여행을 다녀왔는지 물어보고는 그중 한곳을 골라 글을 써달라는 식이다. 보통은 그렇다. 그래서 나는 한 번의 여행에서 여러 개의 콘텐츠를 뽑아내는 걸 목표로 한다. 그래야 본전을 건질 수 있다. 하지만 그렇다고 해서 이건 일이야, 라는 마음으로 여행을 준비하진 않는다. 순수하게 내 즐거움을 위해 내 돈과 내 시간을 팍팍 써서 신나게 여행한 다음, 그 경험에서 뭔가를 만들어내려고 하는 것이다. 즉, 순서의 문제다. 내가 우선 즐겁지 않으면 결과물도 영 파이다.

드물지만 여행 비용과 콘텐츠 비용까지 받으며 다녀온 여행도 있긴 하다. 이런 경우는 여행이 아니라 출장이겠다. 모 일간지의 의뢰로 유럽 패키지 투어를 다녀와서 후기 기사를 쓰는 일이었는데, 모든 비용이 여행사 주머니에서 나오는 것이니 말하자면 여행 PPL인 셈. 일정 내내 여행사 담당 직원이 옆에 딱 붙어 있어서 무척이나 부담스러웠다("작가님, 잘 써주셔야 해요!"). 독일이랑 오스트리아, 이탈리아를 돌아다니는 내내 요걸 어떻게 기사로 써야 할지 고민하느라 골치 아팠는데, 아니 그 와중에 이 담당 직원은 왜 자꾸 술을 마시자는 거야… 뭘 자꾸 잘 부탁드린다는 거야… 미치겠네….

앞에서 얘기했던 '세계테마기행'에 출연할 때도 무려 3주 동안이나 현지 촬영을 하면서 피디와 카메라 감독, 그리고 나 셋이서 내내 함께 일했다. 잠자는 시간 말고는 완전히 딱 붙어 있었다. 그러고 보니 커피 한 잔 혼자 마실 기회도 없었구나. 난생처음 본 낯선 2명의 남성과(출국 전 딱 한 번 짧은 미팅을 했다), 낯선 장소에서(벨리즈), 카메라 앞에서 3주. 좋아하는 프로그램에 출연한다는 사실에 취해 이것 역시 엄연한 '일'이라는 걸 잊었었다. 마음가짐이 글러 먹었다고 해야겠다. 힘들고 힘들었는데, 나만 그랬을 리 없다. 제작진은 나와는 비교할 수 없을 정도로 고생했다. 4주간에 걸쳐 총 4번 방송되었고, 경비는 제작사가 부담했고, 나는 회당 출연료를 받았다.

상대적으로 모 매체가 의뢰한 교토 출장은 맘 편히 다녀왔는데, 뭐니 뭐니 해도 혼자 간 거라서 그랬던 것 같다. 2박 3일 동안 교토와 근교를 돌아다니며 전통 음식과 사케 양조장에 대한 기사를 썼다. 빠듯한 일정이라 정신없이 바빴지만, 오히려 홀가분하게 마음 놓고 일했던 기억이 난다. 신경 쓰거나 웃어 보여야 할 상대가 없다는 것만으로도 훨씬 수월했다.

모두 오래전의 일이다. 만약 다시 출장 여행 제안을 받게 된다면, 그때보단 좀 더 많은 이야기를 나눈 다음 결정할 것 같다. 까다롭단 소리를 듣더라도요. '세계테마기행'은 몇 년 후 감사하게도 재출연 제안을 받았는데, 이번엔 사전 미팅에서 나의 호불호를 명확히 이야기했다. 저의 체력은 어느 정도이고, 이런 날씨와 환경을 힘들어하며, 요런 걸 좋아합니다. 지난번엔 그런 이야길 한마디도 꺼내지 않았다. 너무 가고 싶어요, 제가 다 맞출게요, 라는 마음이었으니까. 그래서 그렇게나 힘들었을 것이다. 2번째 출연은 불발되었고, 묘하게 안심했었다.

그러니까 하고 싶은 말은, 출장이 무조건 싫다는 게 아니라 애초에 여행과 출장을 제대로 구분해야 한다는 것이고, 출장일 땐 일에 대해 충분히 논의하고 조율해야 한다는 것이다. 그게 안 되면 나만 괴롭다. 여행은 내 돈으로, 내가 원하는 장소에, 내가 편한 시간에 가는 거지만 출장은 마치 부모님을 '모시고'(절대 '함께'가 아니다!) 여행하는 것과 비슷하다. 내 욕구를 내세우며 나도 하고 싶은 거 하고 재밌게 놀겠다는 자세로 접근하면 탈 나기 딱 좋다. 부모님을 모실 때는 철저히 프로페셔널 가이드의 자세로 임하는 게 속 편하다. 출장 중엔 해야 할 일의 목록이 머릿속에 가득하고, 우선순위대로 다 처리하기 전엔 마음을 놓을 수 없다. 중간에 커피랑 간식을 먹으며 쉬긴 하지만 목구멍으로 넘어가는 게 뭔지도 잘 모르겠다. 물론, 이건 성격 탓일 수도 있다. 세상에는 마감 따위 나 몰라라 하는 사람도 있을 테니까. 별로 친하게 지내고 싶지는 않지만.

과거의 출장 이야기는 이정도만 하고, 다시 여행작가란 뭐 하는 작자이며 어떻게 일하는가로 돌아가보자. 여행작가의 여행에서 가장 중요한 건 뭐니 뭐니 해도 꼼꼼한 기록이다. 교통 편은 어떠하고 입장료는 얼마인지, 뭘 하고 놀았으며 뭘 먹었는지, 그건 또 얼마였는지를 기록한다. 동네 분위기와 오늘의 날씨, 실내와 실외 분위기도 싹 다 기록해야 한다. 좋으면 왜 좋은지, 거지 같으면 왜 거지 같은지, 누가 봐도 객관적으로 거지 같은지 오늘 내 기분이 거지 같아서 거지 같은지도 기록한다(이게 중요하다). 이렇게 데이터를 일단 확보해놔야 당장이 되었든 몇 년 후가 되었든 콘텐츠로 만들 수 있다. 데이터는 많을수록 좋다. 차 떼고 포 떼고 나서도 얘깃거리가 남을 만큼 모은다. 길을 잃고 헤맸다면 그 이야기도, 바가지를 썼다면 그 이야기도 싹 다 기록한다. 현지의 냄새를, 소리를, 맛을 다 수집한다. 여행작가는 이런 단서를 영차영차 엮어서 썰을 풀어야 하기 때문이다. 아우, 벌써 빡세다. 여러분, 여행작가 되게 재밌게 살 것 같죠. 아니에요, 아니라고… 부들부들….

정말로 휴식만을 위한 여행이라면 이런 짓을 하지 않아도 되겠지만, 아직까지 그런 시간은 가져보지 못했다. 이번엔 진짜로 쉴 거라고 해놓고 정신을 차려보면 또 데이터를 한 아름 수집한 후, 여러 기준에 맞춰 착착 정리하는 중이다. 무거운 카메라를 집에 놔두고 맨몸으로 가면 반강제로 쉬겠지, 했지만 어머나, 내 휴대폰 카메라 성능이 쓸데없이 되게 좋고 지랄이다. 이쯤 되면 그냥 이 일이 나에게 잘 맞는 거라고 생각할 수밖에 없다. 나는 ESTJ답게 철저히 여행 계획을 세우고, 효율적으로 뽕을 쪽쪽 뽑아먹는다. 언젠가는, 정말 언젠가는 저 푸른 바다를 바라보며 느긋하게 휴양이란 걸 해보겠다는 꿈을 아직 내려놓진 못했지만요. 아니 근데 해변까지는 교통 편이 어떻게 되는 거지, 비치 체어 대여료는 얼마일까… 중얼중얼….

지금을 영원히

기억할 수 있을까

앞글에 이어, 여행을 기록하는 방법에 대한 이 야기를 좀 더 해보겠습니다… 라고 운을 띄워보지만 벌써 피곤하다. 아 정말, 무슨 기록이야. 놀러 왔으면 그냥 그 순 간을 있는 그대로 즐기면 좋잖아. 하지만 나는 프리랜서이 고, 언제 어떤 일을 만날지 모르며, 만나야만 한다. 안 그러 면 굶는다. 그런데 여행과 일이 찰싹 달라붙어 있는 나 같은 사람만 기록에 목매는 건 아니다. 많은 사람이 짧거나 긴 여 행의 이야기를 실시간으로 SNS에 공유하는걸. 그만큼 기록 이란 소중하고 의미 있다. 생각 같아선 지금 이 순간을 영원히 기억할 수 있을 것 같지만 분명 언젠가는 휘발될 것이다. 나이를 먹을수록 휘발에 가속도가 붙을 것이다. 혼자 하는 여행은 입을 꾹 다물고 있어서인지 더 빨리 잊는 것 같기도 하다. 우리 그때 그랬었잖아, 라며 함께 나눌 상대가 없으니 다시 곱씹을 일도 그만큼 줄어서겠지.

그렇다면 어떤 노트가 기록하기 좋을까? 일단 너무 크거나 무거우면 짐이 된다. 하지만 너무 작고 얇은 걸로 가져갔다간 여행이 채 끝나기도 전에 다 써 버릴 수 있으니 곤란하다. 연약하고 후들거리는 노트라면 금방 찢어지고 망가질 테니 역시 안 되겠다. 그림도 그릴 수 있게 이왕이면 줄이 없는 노트였으면 좋겠는데… 하나하나 따지다 보면 끝이 없다. 생각보다 까다롭죠. 그래서 이거다 싶은 걸 찾았을 때 정말이지 엄청나게 기뻤다. 내 궁극의 여행 노트는 일본 브랜드 무인양품에서 나온 '단행본 노트'다. 가로 13.7, 세로 19.5밀리미터고 184매. 표지는 누리끼리한 황토색이라 뭐가 좀 묻거나 구겨져도(여행 중엔 아무래도 그렇게 된다) 티가 덜 난다. 내지는 연한 미색의, 얇고 매끄러우며 줄이 쳐지지 않은 종이다. 이정도면 2~3주의 여행을 자유롭게 기록하기 좋다. 여기에

다 평소에 쓰는 익숙한 펜을 서너 자루 챙겨 간다.

이 노트는 2000년대 초, 혼자 오사카를 여행하다 우연히 산 것인데, 한국에 무인양품 매장이 생기기 전이라 우와아, 하고 들어가서 열심히 구경한 다음 빈손으로 나가긴 아쉬워서 그냥 한 권 집어든 것이다. 그런데 어쩜, 그게 딱이었던 거죠. 한국에 돌아와 그 한 권을 두고두고 아껴 쓴 다음, 이듬해 다시 일본에 가선 첫날부터 묻지도 따지지도 않고 무인양품부터 달려가 들고 올 수 있을 만큼 사 왔다. 이정도면 10년은 쓰겠구만. 그런데 몇 달 지나자, 무인양품이 한국에 진출한다는 뉴스가 뜨더라고요? 호호호…. 그러고 보니 1990년대 후반에 싱가포르에서 처음으로 스타벅스를 영접했을 때도 그랬다. 미국 드라마랑 소설 같은 데서나 봤던 스타벅스라니, 잔뜩 감격해선 굿즈란 굿즈는 싹 다 쓸어왔었다. 이거, 한국에선 절대 구할 수 없다고(직구라는 게 없던 시절입니다)! 그리고 바로 다음 달, 이대 앞에 한국 스타벅스 1호점이 오픈했다. 정말 어쩌면 이렇게 희한한 방식으로 미래를 내다보는 걸까? 정말 쓰잘데기 없는 능력이네….

어쨌든, 낑낑 사다 나르긴 했지만 곧 한국에서도 살 수 있었던(젠장) 그 노트는 오랫동안 여행의 좋은 동반자가 되었다. 여행 한 번에 노트 한 권씩, 지금도 책꽂이에 잔뜩 꽂혀 있는 소중한 보물이다. 이렇게 말하니 마치 여행의 매 순간을 낭만적으로 즐겁게 기록한 것 같은데, 사실 꼬박꼬박 노트를 채워가는 건 생각보다 더 귀찮고 고되다. 순간의 기분과 감상을 자유롭게 기록하는 건 물론이고 실시간 정보도 꼼꼼히 쌓아놔야 한다. 오늘의 날씨, 생수 1병 가격, 커피값, 입장료, 정류장 위치 같은 걸 아주 그냥 소상히 써야 한다. 밥을 먹든 차를 마시든 일단 엉덩이만 댔다 하면 지금까지의 일을 잊기 전에 화라락 휘갈긴다. 숙소에 돌아와 씻고 나면 그대로 드러눕고 싶어 죽을 지경이지만 꾹 참고 또 노트를 쓴다. 지금 안 하면 어차피 내일 2배로 써야 한다. 긴장을 풀었다간 구몬 학습지마냥 밀려버릴 거고, 곧 감당이 안 될 것이다. 입 꾹 다물고 성실히, 루틴처럼 몸에 배게 하는 게 최고다. 그렇게 매일같이 펜을 쥐어 잡고 하나하나 기록하다 보면 손아귀가 뻐근해진다.

지금까지 이야기한 건, 실은 예전의 방식이다. 지금은 보다 편하고 무거운 방법을 쓴다. 노트 대신 노트북. 북 하나 붙였을 뿐인데 갑자기 짐 무게가 확 늘어나네요. 부지런히 돌아다니는 대신 한 곳에 좀 길게 머무르기 시작하면서 기록하는 방법도 바뀐 것이다. 주로 에버노트 앱을 활용하는데, 휴대폰 앱으론 그때그때 간단한 메모를 하고, 숙소에 돌아와선 노트북으로 아까의 메모를 보완하거나 수정해 여행 일지를 기록한다. 그날의 사진과 영상 파일은 곧장 노트북과 외장하드에 각각 백업하고. 나는 로봇이다, 라고 생각하며 기계적으로 한다. 그나저나 무인양품 노트 아직 잔뜩 남았는데 어쩌지….

그러고 보니, 노트만 바뀐 게 아니다. 이 무렵부터 오랫동안 쓰던 무거운 카메라 대신 휴대폰 카메라를 쓰게 되었고 로밍이나 포켓 와이파이(모바일 라우터) 대신 여행지의 심 카드를 사서 끼우기 시작했다. 한꺼번에 적응하느라 조금 헤맸지만 금방 익숙해졌다. 휴대폰이란, 스마트폰이란 굉장하다. 새삼 그렇다. 호텔에 묵을 때면 으레 모닝콜 서비스를 부탁하곤 했는데(심지어 여행용 자명종 시계도 들고 다녔다) 이젠 휴대폰의 알람 기능을 쓴다. 모닝콜 서비스, 여전히 존재할까?

여행 가계부 앱도 요긴하고, 구글 번역기와 지도도 소중하고, 그리고 또, 그리고 또… 휴대폰 안에 정말이지 많은 게 들어 있고, 점점 더 많은 걸 집어넣게 된다. 여행 중에 잃어버리면 정말, 정말, 정말 곤란하겠다. 상상만 해도 등골에 드라이아이스를 한 바가지 들이부은 것 같다.

그나저나 이 글을 쓰다 말고 에버노트에 접속해 지난 여행의 기록들을 쭈욱 훑어보았는데, 즐거운 추억도 많긴 하지만 어째 열 받았다는 이야기 쪽이 압도적으로 많더라고요. 이 가게에서 뒤통수를 맞았다, 저 가게에서 바가지를 씌웠다, 뭐 이런 것 말이죠. 그런데도 시간이 지나고 나면 좋았던 일만 떠오르니, 신기해 정말.

그곳이 어디든,

난 내 삶을
잘 살고 싶다

2

여행지에서

머리채를 잡는 일

　　　　　　저렴한 게스트하우스와 4성급 이상의 호텔 중에서, 당신은 어느 쪽을 선호하나요? 한 끼 식사 예산은? 선호하는 교통수단은? 스케줄은 빡빡하게, 아니면 헐렁하게? 인터넷에서 종종 볼 수 있는 여행 동행인 성향 체크리스트엔 요런 질문이 가득하다. 가서 괜히 머리채 잡고 싸우지 말고, 출발하기 전에 미리 파악해야 한다는 것이다. 그런가? 그렇겠지? 참으로 솔깃하다. 하나하나 읽다 보면 희한하게 과몰입되어 입에서 불을 뿜으며 체크하게 된다.

그치만 한편으론 이게 다 무슨 소용인가 싶다. 애초에, 평소 잘 맞는 사람이니 여행 같이 가자는 얘기가 나오는 건데, 그런 사이에서 괜히 나는 이렇고 너는 저렇다며 타입을 나눠봤자. 좋을 땐 좋지만, 자칫 조금만 삐끗해도 내가 이럴 줄 알았다는 말이 튀어나와버리기 쉽다. 이거 봐, 내가 이럴 줄 알았어. 넌 그런 타입이잖아. 마치 실수하길 기다렸다는 듯 비난이 시작된다. 이쪽에서도 잘한 거 하나 없으면서. 아니 그래서 말인데요, 평소엔 사이좋게 잘 지내는 사람인데도 왜 여행을 같이 가면 삐지거나 싸우거나 깨지곤 하는 걸까요? 미치겠네 진짜.

남 탓하기 전에 일단 내 속부터 좀 들여다봐야겠다. 나는 어떤 인간일까? 40년 넘게 살면서 느낀건데, 나름 아는 것도 많고 그걸 알려주고 싶은 욕구도 크다. 그치만 그릇이 작고, 지적을 좋은 마음으로 받아들이는 걸 어려워하며, 고압적인 데가 있다. 내 답이 가장 효율적이라고 믿는 바람에 반드시 이래야 한다고 고집할 때가 많고, 수틀리면 버럭하기도 한다… 라고 쓰다 보니 기분이 너무 안 좋아지네요. 자아성찰은 조심조심 살살 해야 한다. 객관적인 시선이고 뭐고, 내 상태가 아주 좋을 때가 아니면 자기비하로 빠지기 쉽다. 지금도 그럴 뻔했다. 흥.

이 모양 이 꼴인 나에게도 몇 차례나 함께 여행한 친구가 있다. 알고 지낸 지 30년도 더 된 사이인데, 어쩌다 보니 그렇게 되었다. 오래 만났다고 해서 반드시 잘 맞는 건 아닌데 (살면서 마음 아프게 배운 교훈이다) 운이 좋았다. 이 친구의 스타일을 이야기해보자면, 뭐가 되었든 2번 이상은 잘 권하지 않는 스타일이다. 나나 다른 사람과 입씨름을 하거나 밀고 당기는 걸 별로 보지 못했다. 어지간하면 에너지 낭비를 하지 않으려는 것 같아 보인다. 너그럽다면 너그럽고, 무심하다면 무심하다고 할 수 있겠다. 나는 친구의 너그러운 면 덕분에 매번 편안하고 즐겁게 여행했다. 그에게도 그런 시간이었길 바라는데 굳이 물어보진 않았다. 용기가… 나지 않더라고요…? 어쨌든 우리 둘 다 모든 일정을 함께 보내야 한다곤 생각하지 않으며, 각자의 여행을 알아서 준비한 다음 구미가 당기는 교집합을 찾아내 일정을 수정하고 보완한다. 같이 또 따로, 따로 또 같이의 여행이다.

반면에 함께 여행하는 건 좀 곤란한 사람도 있는데, 자기는 여행을 많이 안 해봤으니 내가 하자는 대로 다 하겠다며, 진짜 진짜 불평 안 하고 잘 따라다니겠다며 조르는 경우다. 경계대상 1호다. 머릿속에 경고등이 반짝반짝 켜진다. 아주 친한 사이라면 괜찮지 않겠냐고? 오래 알고 지냈다면 문제없지 않겠냐고? 전혀 아니다. 그런 거랑은 별 상관없다. 여행은 없는 돈이랑 없는 시간을 여차저차 어르고 달래서 가는 거라 기대치가 높을 수밖에 없다("이게 어떻게 온 여행인데!"). 지금이야 뭐든 좋다고 말하지만, 화장실에 들어가기 전과 나올 때가 같을 수 없다는 거 우리 모두 알잖아요. 그런 부탁을 하는 사람을 비난하는 게 아니라, 그냥 인간이란 원래 그런 존재라고 생각하는 것이다. 그래서 좋게좋게, 그치만 질질 끌지 않고 딱 잘라서 거절한다.

그건 그렇고, 동행인이 존재하는 여행은 크게 둘로 나눌 수 있겠다. 함께하는 여행과 모시는 여행인데, 모신다니 대체 누구를? 역시 부모님이죠. 앞에서 말한 것처럼 부모님과의 여행을 '함께 한다'고 생각하면 좀 곤란할 것 같다. 마인드 세팅을 다시 하는 게 모두에게 좋겠다. 거울 앞에 서서 말

해봅시다. 나는 가이드야, 나는 친절로봇이야, 나는 수발머
신이야…. 절대, 절대, 내 여행이 아니다. 그건 나중에 따로
하고, 지금은 모든 초점을 부모님에게 맞추자. 내 생각보다,
내 기억보다, 그분들은 더 노인이 되었을 것이다. 더 자주 앉
아서 쉬어야 할 것이고, 더 소화력이 약할 것이다. 체력이 약
해지고 여기저기 아픈 곳도 많을 거라, 인내심이 빨리 바닥
나고 짜증을 내기 쉬울 것이다. 그런 가능성을 기본으로 깔
고 가는 게 좋다.

　이건 내 쪽도 마찬가지인데, 부모님이 노인이 되었다면
나 역시 중년이 되었다는 걸 여행을 통해 얼굴 화끈거리게
실감할 때가 있다. 잘해드리겠다는 의욕이 앞서 나도 여기
저기 골골하다는 걸 잊고 평소보다 무리하다 갑자기 욱하기
일쑤다(“아, 나도 피곤하다고!”). 내 인내심이 얼마나 알량하고
부족한지 깨닫게 된다. 짜증냈다가 죄송해하기, 생색냈다가
민망해하기의 반복이다. 배려는 하되 무리하지 않으면 이상
적이겠지만, 말이 쉽지, 이것처럼 어려운 게 또 있을까? 그
러니 부모님을 모시고 여행할 땐 중간중간 나를 살살 달래
주려고 한다. 주무시는 사이에 혼자 스타벅스에라도 가서 커

피 한 잔 한다든가 하는 식이다. 별거 아닌 것 같지만 요게 은근히 리프레시가 된다. 혼자만의 시간은 소중하다. 압력솥의 김을 치이익 빼줄 기회다.

뭐, 이게 딱이다, 라는 결론은 없다. 혼자 하는 여행과 동행인이 함께 하는 여행 중 어느 쪽이 더 좋은지, 그 답은 누구도 영영 내놓지 못할 것이다. 나는 여름엔 겨울이 그립고, 겨울엔 여름이 간절하다. 언젠가 우리가 함께 여행한다면, 지나치게 끈끈하고 친밀한 방식보단 각자의 색깔로 각자의 시간을 채워가다 중간중간 만나서 밥이나 한 끼 맛있게 먹었으면 하고 바라본다. 그리곤 다시 헤어져, 당신 역시 이 낯선 도시 어딘가를 여행하고 있다는 걸 떠올릴 것이다. 그 정도로 충분히 설레고 즐겁다. 그런데 이제 보니 인간관계 전반에 대한 내 태도와도 좀 비슷한 것 같긴 하다. 너무 냉정한가요, 어떤가요.

생활감은

포기할 수 없어

호캉스를 좋아하시나요? 저는 여러 번 해봤는데, 그때마다 음… 그렇군… 하며 돌아왔습니다. 이리저리 검색하고 예약할 땐 설레지만, 막상 호텔에 도착해 방에 들어가면 뭔가 좀 아쉬워진다. 어딜 가든 집보다 못하다는 생각도 든다. 어차피 혼자 사니까 굳이 집 밖에서 잘 필요가 없어서겠지 싶지만, 생각해보니 부모님 집에서 살 때 했던 호캉스도 별다르지 않았다. 어디 멀리 놀러가기 어려울 때 기분전환이라도 하려는 거라 예산 내에서 최대한 비싸고 고급스러운 호텔을 고르는데도 그렇다.

체크인을 마치고 카드키를 받아 두근두근 문을 열고 들어간다. 방은 밝고 깨끗하다. 에어컨과 히터가 빵빵하고, 침대 위 이불과 베개 모두 푹신하다. 집에선 쓰기 힘든 새하얀 시트다. 딱 좋다. 그런데 그 좋은 기분이 어째 1시간 이상 지속되질 않는다. 갑갑하고 답답해 밖에 나가고 싶다. 그치만 호캉스인데, 이 안에서 놀아야지. 이게 얼마짜리야. 텔레비전을 틀고 전 채널을 쫙 훑는다. 땀은 나지 않았지만 괜히 샤워를 하고 가운을 입는다. 역시 나가고 싶다. 로비의 바에서 뭐든 한 잔하거나 애프터눈 티 세트를 먹기도 하고 수영장에도 가보지만, 방으로 돌아오면 역시나 답답하다.

이 답답증은 어디에서 오는 것일까? 세계 정상들이나 묵을 법한 어마어마하게 비싸고 거대한 펜트하우스가 아니고서야. 호텔방이란 결국 예쁘장하고 쬐깐한 상자라서 그런 것 같다. 침대가 공간의 절반을 잡아먹는 작고 네모난 상자. 그래서인지 나는 여행을 할 때도 호텔방에서 오래 머무는 게 좀 힘들었다. 마음 둘 곳 없이 붕 뜬 기분이 들어, 자고, 씻고, 나갔다 들어오기만 반복했다. 그리 어여쁘고 세련되지 않아도 좋으니 창문을 활짝 열고 싶었다. 마룻바닥에 누워 뒹굴

대며 텔레비전이든 책이든 뭐든 보고 싶었다. 내가 원하는 건 아마도 생활감이 팍팍 느껴지는 집 같은 공간인가 보다.

　이제 긴 여행을 할 땐 에어비앤비부터 검색한다. 긴 여행이라고 했지만 실은 2박 이상만 되어도 그렇다. 사람의 향기가 그리워서 그런 건 아닌데, 무슨 소리냐면, 에어비앤비 광고엔 으레 호스트(집주인)와 친구가 되고 그의 가족들과 함께 파티를 하고 어쩌고 등의 장면이 등장하잖아요. 저는 절대, 결코, 그런 경험을 원하지 않습니다. 사람 냄새라는 표현도 좋아하지 않는다. 사람 냄새라니, 좀 씻으라고…. 하여간 그래서, 가급적 집을 통째로 빌린다. 검색 옵션에서 내가 주로 체크하는 건 '집 전체, 와이파이, 에어컨디셔너, 노트북 작업 공간 있음' 등이다. 호스트랑은 체크인할 때 인사를 나누고 열쇠를 주고받는 정도로만 소통한다. 그 정도가 딱 좋다. 요즘은 비대면 체크인, 체크아웃을 원하는 호스트가 많아져, 메신저로 출입문 비밀번호를 받아서 들어간다. 떠나는 순간까지 서로 만날 일이 없다. 정 없어서 좋다. 꼴랑 몇 박 머무는데 정이라니 징그럽다. 깨끗하게 머물고, 분리수거도 깔끔히 하고, 딱히 문제가 없으면 좋은 리뷰를 남긴다. 그러고 보니 좋은 리뷰야말로 '21세기의 정'이겠다.

　그런데 이스탄불이든 쿠알라룸푸르든 방콕이든 마드리드든, 에어비앤비 숙소의 분위기는 묘하게 비슷한 데가 있다. 바깥 풍경도 건물 생김새도 제각각이지만 집 안에만 들어오면 희한하게 그렇다. 비결은 이케아다. 개미지옥 같은 이케아 광명점에서 허우적거리다 문득 깨달았다. 아, 그러네. 이 소파랑 의자, 조명, 액자랑 그 안의 장식용 사진까지 몽땅 에어비앤비에서 봤던 거네. 머그잔이랑 와인잔, 포크랑 접시도 대부분 이케아다. 세상엔 아주아주 멋있고 개성 있고 럭셔리한 에어비앤비도 있지만, 내 여행 예산에서 갈 만한 곳은 아주아주 이케아다. 하긴, 온갖 사람들 손을 탈 텐데 이케아면 됐지 뭘 바라. 어쨌든, 호텔처럼 깔끔하고 세련된 거랑은 거리가 멀지만 오히려 그래서 에어비앤비가 좋다. 자잘한 살림살이들로 좀 어수선한 것도 마치 내 집 같아서 마음 편하다. 아니 그리고, 호텔이라는 곳이 뭐 그리 대단히 깨끗한 것 같지도 않더라고요. 걸레 한 장으로 어디 어디를 다 닦았네, 전기 주전자에 뭘 넣고 푹푹 삶았네 등의 흉흉한 뉴스가 워낙 많으니 말이죠.

오래 머물 숙소라면 나름의 최적화를 한다. 조금이라도 안정감을 느끼고 싶어서다. 가까운 백화점이나 마트, 슈퍼마켓, 드럭스토어, 다이소(또는 비슷한 곳)의 위치를 미리 검색해뒀다가 첫날이나 둘째 날 오전쯤에 가볍게 들러본다. 어디 보자, '우리 집'엔 뭐가 좀 필요하려나? 보통은 두루마리 휴지부터 고른다. 숙소의 휴지가 어지간히 괜찮은 게 아니라면 도톰하고 좋은 걸로 바꿔놓는다(역시 비싼 게 좋다). 화장실 휴지는 중요하다. 나의 소중한 항문을 얇고 거친 걸로 얼레벌레 대충 닦을 수 없다. 여행 중에도 삶의 질은 절대 내려놓을 수 없다고요. 예쁘고 낯선 패키지의 바디 클렌저나 비누 같은 걸 살 때도 있다. 물티슈랑 정전기 청소포도 산다. 에어비앤비엔 하우스 키핑 서비스가 없으니 어느 정도는 직접 치워야 한다. 대단한 청소까진 아니고, 발로 청소포를 밟아 슥슥 밀고 다니며 머리카락을 걷어내는 정도로도 기분이 꽤 산뜻해진다.

때론 꽃을 사 들고 오는데, 요게 또 기분이 상당히 괜찮다. 여행지의 꽃집에 들른다는 사실만으로도 왠지 로맨틱한 느낌이다. 꽃다발이나 작은 화분 같은 걸 사서 동네 사람인 양 기분 좋게 돌아다니다, 음료수병이나 머그잔에 요리조리 꽃

아본다. 혼자 여행하다 집에 돌아왔는데 꽃이 반겨주면 그게 뭐라고 되게 반갑다.

유럽이라면 자라 홈, H&M 홈, 플라잉타이거, ALE-HOP 등의 인테리어 SPA 매장을 둘러본다. 흔하기도 흔하고, 세일도 자주 한다. 숙소에서 쓸 만한 예쁘고 화려하며 세상 쓸데기 없는 뭔가를 한두 개쯤 사기 좋다. 마드리드에서 한달간 머물 땐 자라 홈에서 어마어마한 깃털 장식 실내용 슬리퍼를 사와서(무려 50퍼센트 세일) 내내 잘 신다가 숙소 신발장에 고이 넣어두고 나왔다. 이다음 게스트도 나처럼 즐겨주길 바라는 마음으로. 예쁜 것은 소중하다. 내 기분을 좋게 만들어준다. 장소가 어디든 나는 내 삶을 살아야 하니, 이왕이면 잘 살고 싶다.

그나저나 어째 에어비앤비 광고 같은 글이 되어 버렸는데, 하이고, 좋은 경험만 있었겠습니까. 다시는 머물고 싶지 않은 거지 같고 괴이한 곳도 많았다. 이런 숙소엔 진심을 가득 담아 열정적인 리뷰를 남긴다. Dear Korean, 여끼 쩔때 묶찌마쎄요….

비상약품 파우치에

꼭 넣어가는 '그것'

아프지 않은 게 최고다. 무슨 그런 당연한 소리 하냐고요? 그러네요…. 머쓱하지만, 진심이다. 나도 당신도 365일 24시간 1분 1초도 어디 한 곳 쑤시는 데 없이 건강했으면 좋겠다. 하지만 우리는 실시간으로 나이 먹고 있으며, 근육과 관절, 온갖 장기와 머리카락 한 올 한 올 끝까지 빠짐없이 노화되고 있다. 울적하다. 하지만 뭐 어쩌겠어요. 그저 이 사실을 잊지 말고 몸뚱이를 살살 아껴 써야겠단 생각을 한다. 방심하면 자꾸 잊어버리기 때문에.

익숙한 내 동네에서 아픈 것도 힘든데, 낯선 여행지에서라면 몇 배로 서럽고 괴롭다. 가벼운 감기 기운이나 체기 정도에도 다 때려치우고 귀국하고 싶다는 생각이 울컥울컥 치밀기까지 한다. 소리 없이 쌓인 여행의 피로감이 몸의 허점을 비집고 튀어나와서 그런가 보다. 하지만, 아프지 않을 방법이란 게 있을까?

일단 약을 좀 챙겨 본다. 나는 언제든 여행을 갈 수 있도록 작은 파우치에 비상약품을 차곡차곡 챙겨 캐리어에 넣어두는데, 약에도 유효기간이 있으니 가끔 날짜를 확인하고 새 걸로 교체하곤 한다. 어떤 게 들어 있는가 하면, 우선 휴족시간. 발바닥에 붙이는 시원한 파스인데, 평소보다 많이 걸으니 자기 전에 발바닥에 1장, 종아리에 1장 척 붙여놓는다. 정말로 효과가 있는지는 잘 모르겠고 일단 시원해서 기분이 좋긴 하다. 기분, 중요하다. 그리고 소화제 오타이산과 감기약 파브론골드, 두통약으론 부페린을 챙긴다(어째 모두 일본 드럭스토어의 베스트셀러 제품들이다). 모두 평소에 집에 챙겨두는 것들인데, 만약 여기서 하나만 고르라면 무조건 오타이산이다. 전 요게 그렇게 잘 맞더라고요. 살짝 화한 냄새가 나는 텁텁한 가루를 입에 털어 넣고 물을 꿀떡꿀떡 마시고 나면 곧 트림이 나오고 소화가 된다. 신묘한 가루다.

소화제나 두통약 정도로 커버할 수 없을 땐 어쩐다? 정말, 정말, 정말 아프거나 갑작스러운 사고를 당하면 어떡해? 우와, 이건 나도 모르겠다. 내가 뭘 어떻게 할 수 있는 게 아니다. 그저 이번에도 별일 없이 무사히 여행하게 해주십쇼, 라고 두 손 모아 싹싹 비는 심정으로 여행자보험에 가입하고, 최선을 다해 몸을 사릴 뿐이다. 조심 또 조심. 출발하기 전엔 미리미리 계단 오르기도 하고, 평소보다 좀 더 걸어다니며 체력을 조금이라도 키워놓으려고 애쓴다. 보통은 애만 쓰다 끝나는 것 같긴 하지만요. 그치만 평소에 그랑데 사이즈 아이스 아메리카노보다 무거운 건 절대 들지 않다가 갑자기 이만한 짐가방을 짊어지거나 끌면, 하루에 1,000보도 채 걷지 않다가 갑자기 10,000보를 훌쩍 넘어버리면 몸이 남아나질 않는다. 순식간에 맛이 간다. 돈이랑 시간 들여서 비싼 여행 가는 건데, 골골거리느라 제대로 놀지 못하면 너무 아깝잖아요.

그러고 보면, 그저 그랬거나 영 별로였던 과거의 여행들은 어쩌면 내 몸 컨디션 때문이었는지도 모르겠다. 골골거리느라 제대로 즐기지 못해놓곤 괜히 동네 탓을 했는지도 모르겠다. 아프면 평소보다 예민해지고, 더 쉽게 짜증이 난다. 베트남 여행도 그랬다. 출발하기 직전에 지독한 감기에 걸려선 내내 뾰족하게 굴었다. 하나부터 열까지 맘에 드는 거라곤 요만큼도 없고, 뭘 먹어도 맛이 없다며(코가 막혔으니까) 투덜투덜. 그러다 열흘쯤 지나니 감기가 나았는지 갑자기 쌀국수도, 반미 샌드위치도 너무 맛있어서 으응? 했다. 그러고 보니 날씨도 좋고 물가도 싸고, 베트남 되게 좋으네… 죄송합니다, 베트남….

한편, 먹는 걸 도에 지나치게 좋아해서 그런지 뱃속에 탈이 자주 난다. 몇 번 대차게 아파봤으니 이젠 조심하는 법을 좀 배워야 할 텐데, 애초에 먹으러 여행 가는 인간이라 쉽지 않더라고요. 터키 동부의 말라티아에서도 제대로 탈이 났다. 전 세계에서 소비되는 말린 살구의 약 80퍼센트를 생산하는 어마어마한 곳이라, 동네 사람들이 눈만 마주치면 옛다, 하며 몇 개씩 쥐어주곤 했다. 사방에 살구나무가 가득해 손만

뻗으면 이만큼씩 딸 수 있어서다. 아유, 뭐 이런 걸 다 주시고 그러실까. 딱히 좋아하지도 않는 거라 어정쩡하게 받아선 일단 한 입 깨물었는데, 소리를 꽥 지를 뻔했다. 세상에, 이게 살구라고? 내 안의 살구 패러다임이 확 바뀔 정도의 맛이잖아! 그리하여 저는 점심도 저녁도 건너뛰고 그저 살구만 냅다 수십 개를 먹었으며, 그날 새벽 뱃속에서 와르릉, 꾸르릉이 시작되었던 것입니다. 아휴 정말, 대체 왜 자제하질 못하는 거니! 먹기 전에 물에 씻기라도 했어야지! 할 수 없다. 일은 벌어졌다. 밤새 설사와 구토를 반복하며 끙끙 앓았고, 다음날 점심 때쯤 허옇게 뜬 얼굴로 그래도 동네 구경은 해야겠다며 비틀비틀 시내로 나갔는데, 아니 어디서 너무나 유창한 한국어가 들려오네… 환청인가….

터키 아저씨 : 어? 한국 사람 맞아요? 맞죠?

　　　　　　　　우리 동네에 한국 사람 잘 안 오는데!

나 : (정신없음) 예...?

터키 아저씨 : 저 한국에서 4년 일했어요!

　　　　　　　　강남역에 있는 터키 식당에서!

이 아저씨(실제론 몇 살 아래였지만)는 주섬주섬 지갑을 꺼내선 소중히 간직한 식당 명함을 보여주었고, 그렇게 나는 이분의 식당에서 따뜻한 콩 수프를 대접받으며 얼떨결에 요양 비슷한 것을 하게 된 것이다. 강남역에서 함께 일했던 사촌 형제와 함께 고향 말라티아에 식당을 열었다고 했다. 사촌 역시 나를 반갑게 맞아주며, 다짜고짜 좋아한다는 한국 노래를 불렀다. "내가 웃는 게 웃는 게 아니야~" 대체 뭘까, 이 초현실적인 상황은…. 하여간 장염 증세로 한바탕 고생하고 나니, 다음에 아플 때는 좀 더 요령 있게 대처할 수 있었다. 애초에 아프지 않은 게 최고지만 피할 수 없는 일이란 것도 있으니까.

그리고 역시나 여성 여행자라면 대부분 생리 문제로 크고 작은 불편을 겪을 것이다. 생리통이 심한 사람에겐 불편 정도가 아닐 거고. 생리는 정말 싫다. 체온과 비슷한 뜨끈한 액체를 다리 사이에 머금은 채로 종일 돌아다닌다는 것만으로도 곱게 자란 입에서 쌍욕이 나온다. 덥고 습한 날엔 10배, 20배로 힘들다. 사이사이 생리용품을 새 걸로 교체해야 하는데, 여행 중엔 맘 편히 이용할 깔끔한 화장실을 찾는 것도 일이다. 앉았다 일어날 때, 자세를 바꿀 때, 갑자기 뜨뜻한 생굴 덩어리 같은 게 주르륵 흘러나오면 혀를 콱 깨물고 싶다. 재채기라도 하면 시속 100킬로미터로 생굴이 튀어나온다. 내가 언제부터 굴 생산자가 된 거지?

대충 1달에 5일을 생리한다고 치자. 그럼 나머지 25일은 아무 일도 없이 상쾌하게 지낼 수 있느냐 하면 그럴 리가 없다. 자, 생리 첫날이야, 라며 수도꼭지를 튼 것처럼 갑자기 피가 쫙 나오는 게 아니다. 며칠 전부터 피가 나올락 말락 치사스럽게 간을 본다. 생리가 끝날 때도 수도꼭지를 꽉 잠그듯 깔끔하게 뚝 멈추는 게 아니라 서서히 양이 줄어드는 식인데, 이제 끝났나 싶으면 갑자기 피가 다시 나온다. 나 불렀어? 하는 것 같다. 이게 정말 열 받는다. 그러니 생리 기간 전후로도 며칠씩 생리용품을 착용해야 한다. 1달의 삼분의일은 그 상태인 거다. 그것뿐이야? 배란통도 있고 PMS도 있잖아. 아 진짜 열 받네….

(심호흡하며) 하여간 그렇습니다. 생리의 마수를 피해 여행하는 건 생각 이상으로 까다로운 일이다. 지금 이순간에도

많은 여성들이 생리 주기 앱을 들여다보며 머리를 쥐어뜯고 있을 것이다. 영수증도 종이로 된 거랑 모바일 영수증 중에서 선택할 수 있는 시대인데, 생리도 액체랑 고체 중에서 고를 수 있으면 좋겠다. 고체를 선택해 동그란 알 같은 걸 하나 쑤욱 낳고 끝내면 얼마나 깔끔하고 좋을까요. 탁구공 사이즈로다가.

디지털 노마드,

하루 딱 4시간만

노는 게 최고다. 노는 게 남는 거다. 요렇게 입버릇처럼 말하긴 하는데, 사실 노는 것도 쉽지 않다. 때도 몸을 불려야 술술 밀리듯이, 평소에 꾸준히 놀아봤어야 멍석을 쫙 깔았을 때 이때다! 외치며 앞구르기 뒷구르기를 척척 할 수 있는 것이다. 그러니 그게 잘 되겠냐고요. 마음은 굴뚝이지만 시간도 없고 돈도 없다. 일주일 내외의 여행을 위해 몇 달 전부터 미리미리 계획을 세워 온갖 일정을 조정하고 온갖 마감을 해놔야 하는데, 그 난리를 치르느라 잠도 부족해지고 스트레스도 한가득 쌓여 정작 여행지엔 힘이 쪼옥 빠진 채로 도착한다. 그래도 힘내서 놀아보겠다며 시동을 드릉드릉 걸라치면 요것 좀 수정해주세요, 라는 연락이 오기 일쑤다(제가 분명히 휴가라고 미리 말씀드렸잖아요… 파르르…). 프리랜서만 그럴까, 직장인도 다르지 않을 것이다.

그렇다고 해서 일거리를 바리바리 싸 짊어지고 가봤자 여행 중에 뭔 일을 얼마나 제대로 하겠습니까. 애초에 놀려고 가는 건데, 집중이 될 리가 없다. 정말, 정말, 정말로 큰일이 터진 게 아니고서야 어지간해선 그렇게 되지 않는다. 쓰다 보니 성질이 난다. 놀 땐 오로지 놀고만 싶다. 맘 편히 제대로 놀고 싶다. 아니 정말로, 내가 진짜로, 누가 꼬박꼬박 돈만 주면 엄청 잘 놀 수 있는데….

그래서 해봤습니다. 셀프 안식년을요. 꼬박꼬박 돈 주겠다는 사람이 없길래(당연하다) 내가 나에게 주기로 했다. 계획을 세우고 몇 년 동안 돈을 모아, 1년 동안 일하지 않아도 크게 문제 없을 만큼의 생활비를 마련해 냉큼 짐을 챙긴 것이다. 노트북이랑 무선 키보드, 마우스, 노트북 받침대에 외장하드까지 야무지게. 말로는 1년 내내 뺀뺀 놀 거라고 했지만, 실은 작은 로망이 있었거든요. 나도 디지털 노마드가 되어보겠다는 로망. 이젠 요 디지털 노마드라는 말이 어느새 좀 올드해졌지만 몇 년 전까지만 해도 무척이나 인기 있었다. 다양한 미디어에서 기사가 쏟아졌고, 디지털 노마드 생활을 경험한 이들의 책도 여러 권 출간되었다. 뭐야, 멋있잖아….

그리하여 내 머릿속에도 아련하고 막연한 그림이 스리슬쩍 그려지기 시작했다. 해변의 야자수(은행나무나 소나무 같은 건 안 된다) 그늘 아래 선베드에 길게 누워, 배 위에 노트북을 올려놓고 나른하게 키보드를 두드리는 것이다. 대체 무슨 일을 하는지는 잘 모르겠지만 하여간 다라라락 두드리다가 팔을 뻗어 시원한 음료수를 집어 들고 한 모금 마신다. 그리고 다시 다라라락… 그러다 노트북에 왈칵 쏟지나 않으면 다행이겠네….

첫 목적지는 치앙마이. 디지털 노마드의 성지 같은 곳이라길래 더 볼 것도 없다 싶었다. 막상 와보니 해변이 없어서 살짝 당황하긴 했지만(치앙마이는 산으로 둘러싸인 곳이다) 뭐 아무렴 어때. 이튿날 아침부터 노트북을 챙겨 들고 냅다 제일 유명하다는 코워킹스페이스co-working space를 찾아갔다. 일부러 숙소도 근처로 잡은 것이다. 사람 일 모르니 일단은 하루치 요금만 내고 맛만 볼 생각으로 빈자리에 앉아 노트북을 주섬주섬 펼쳤는데, 어머 세상에, 나 자신이 너어어무 멋있는 것이다. 아니 그렇잖아요. 무려 치앙마이에서, 외국인들 사이에 끼어서, 인터넷 즐겨찾기를 2바퀴째 돌고 있다니 세상 힙하지 않습니까. 비록 이거 말고는 딱히 할 게 없긴 하지만 그래도 평소보다 더 멋있게 마우스를 클릭하는 것 같잖아.

그날로 냅다 1달짜리 멤버십을 결제해 매일같이 출근하기 시작했다. 하루, 이틀, 사흘쯤 지나자 슬슬 이곳이 어떻게 돌아가는지 눈에 들어왔는데, 내 생각보다 훨씬 조용한 곳이란 걸 깨달았다. 애초에 돈을 내고 쓰는 공용 사무실이니(코워킹 스페이스의 의미가 그거죠) 당연하지만, 실제로 그 속에 들어와서 며칠 일해보고서야 실감할 수 있었다. 복장만 하염없이 자유로울 뿐이지, 모두들 진지하게 일한다. 각자의 루틴에 따라 정해진 시간에 출근해 입을 꾹 다물고 일하다 알아서들 조용히 가방을 챙겨 사라진다. 다음 날엔 비슷한 시간에 다시 나타난다. 그렇게 일주일을 보낸 후 제대로 느껴버렸다. 야 이

거, 생각보다 더 정신 차리고 각을 잡지 않으면 죽도 밥도 안 되겠구나. 단지 코워킹스페이스 멤버십 기간뿐 아니라, 치앙마이에서 보내는 시간뿐 아니라, 내 안식년 전부가 흐지부지해질 수도 있겠어. 그래서 나도 루틴을 만들었다. 땅에 발을 제대로 딛고 있다는 느낌이 필요했다. 일단 주 5일 출근을 목표로, 딸랑 1시간 앉아 있다 가더라도 출근과 퇴근은 확실히 할 것. 그 작은 의식이 내 하루를 열고 닫아줄 것이다.

오전 10시. 노트북을 챙기고, 아이스 아메리카노를 한 잔 사서 출근한다. 11시만 되어도 벌써 꽤 더워지니 그전에 에어컨 빵빵하게 나오는 코워킹스페이스에 쏘옥 들어가 앉는다. 냉큼 노트북을 펴고 일을 시작하는데, 인터넷 서핑을 하든 일기를 쓰든 내키는 대로다. 유튜브에 올릴 영상을 편집할 때도 있고, 노트북은 접어두고 들고 온 책을 읽기도 한다. 오후 2시쯤 되면 퇴근한다. 숙소로 돌아가는 길에 점심을 먹고, 들어와서 샤워하면 서너 시쯤인데, 보통은 이 시간쯤 되어야 햇살이 슬슬 누그러지기 시작해 바깥을 돌아다니기 좋다. 하루 중 제일 더운 시간을 요렇게 실내에서 피하는 것이다. 출퇴근 루틴이 딱히 필요 없는 여행을 할 때도 태국에선

이 시간엔 마사지를 받거나 쇼핑몰에 가는 식으로 어디가 되었든 실내에 들어가 있는 게 좋다.

코워킹스페이스와 가까운 숙소를 잡은 건 정말이지 좋은 선택이었다. 노트북을 들고 매일같이 먼 거리를 왔다갔다 해야 한다면 지속가능성이 뚝뚝 떨어질 것이다. 최소한 만만하게 일할 만한 스타벅스라도 근처에 하나 있어야 하는데, 스타벅스라고 다 일하기 좋지도 않다. 내 몸에 맞는 의자랑 테이블은 몇 개 없다. 디지털 노마드는 해변이나 공원 같은 데서 자유롭게 노트북만 펴면 되는 거 아닌가 생각하겠지만, 현실은 절대 그렇지 않다. 어깨랑 목이랑 허리 나가기 딱 좋다. 역시 제대로 된 코워킹스페이스가 제일이고, 그다음이 숙소다. 긴 여행을 위해 에어비앤비에서 집을 빌릴 땐 사진을 꼼꼼히 살펴보며 노트북 작업을 할 만한 공간이 있는지 꼭 체크한다. 이런 부분을 모두 고려해 여행 예산을 짜는 것이다.

한편, 나는 엘지 그램 15인치를 쓰는데, 이정도면 노트북 치고는 결코 작지 않지만 나이 탓인지 글자가 너무 깨알 같아 보인다(눈물). 한국에선 여기에 무려 32인치 모니터를 연결해 놨지만 여행 갈 때 들고 가긴 힘드니 워드 프로그램의 글자 크기를 130퍼센트로 확대해서 글을 쓴다. 외국이라서 다행이다. 다들 한글을 못 읽겠지. 어차피 시답잖은 글이지만, 그래도 오고 가는 사람들이 이 큰 글자들을 읽을 수도 있다고 생각하면 좀 부끄럽더라고요. 그나저나 외국에서 한국 여행자를 만나면 어째서 움찔하게 되는 걸까요? 나쁜 짓 하는 것도 아닌데. 아무래도 옛날 옛적 베네치아 리도 섬의 해변에서 웃통을 시원하게 깐 채로 일광욕을 하다 한국인을 만난 후로 그렇게 된 것 같다. 그냥 가시지, 왜 굳이 말을 걸고 그럴까 정말….

(눈물을 닦으며) 코워킹스페이스 이야기로 돌아가자. 거의 매일같이 눈인사를 주고받은 출퇴근 멤버들을 떠올려본다. 캐나다와 독일, 미국, 스웨덴, 일본 등 다양한 곳에서 온 사람들. 무슨 일을 하는지 서로 자세히 묻진 않았는데, 슬쩍 보니 주식 거래라든가 게임 관련 업무, 글쓰기, 프로그래밍 등 여러 가지 작업을 하고 있었다. 온라인으로 뭔가를 사고 파는 일도 많이들 하고 있었다. 나는 그 사이에 슬쩍 끼어든

채, 루틴을 사랑하는 ESTJ 인간답게 꼬박꼬박 출근해 멤버십 비용을 뽕 뽑으며 치앙마이 생활을 착착 엮어나갔다. 내 루틴은 애초에 안식년을 선언한 상태라 그리 타이트하진 않았다. 그저 생활이 너무 흐트러질까 봐 굳이 돈을 내고 찾아온 것뿐이다. 그러니 디지털 노마드의 단맛만 잠깐 본 거라고 할 수도 있겠다. 옆에서 본 다른 사람들은 제대로, 빡세게, 각 잡고 일했다. 당연하다. 일이니까. 디지털 노마드 역시 매여 있는 몸이다. 일하는 장소만 다를 뿐.

치앙마이에 이어 포르투, 마드리드, 이스탄불에서도 다양한 형태의 공용 사무실을 짧거나 길게 경험했다. 좋은 시간이었다. 직접 해봐야 계속할 만한지 아닌지 가늠할 수 있다. 나는 어땠는가 하면, 궁금했던 생활을 슬쩍 맛본 걸로 적당히 만족했다. 1년간의 셀프 안식년을 즐겁게 누리고 다시 내 사무실의 내 책상 앞으로 돌아와 생각했다. 재미있었어. 살면서 한 번 정도는 해볼 만해. 이제부턴 하던 대로, 다시 내 생활을 하자. 디지털 노마드 유행도 슬슬 사그라드는 추세잖아…. 이렇게 훈훈하게 마무리되나 했는데….

그로부터 2년 후 코로나가 터진 것이다. 갑자기 모두들 팔자에 없던 재택근무를 반강제로 하게 되었고, 그런 게 있는 줄도 몰랐던 화상회의 프로그램에 접속해 회의를, 수업을, 미팅을 한다. 식탁에서, 방에서, 카페에서. 디지털 노마드의 수명이 이런 식으로 뜬금없이 연장될 거라곤 상상도 못 했는데 말이에요. 전혀 반갑지 않다고… 제발 이젠 좀 사라져 줘라, 코로나… 변이 같은 거 만들지 말고….

언어 장벽이

뭐 대수라고

여행 중엔 종종 작고 약한 존재가 되어버린다. 외국을 여행할 때 특히 그렇다. 실제로 몸이 후들후들 약해져서 그런 게 아니라 마음의 문제인데, 평소보다 왠지 기가 죽어 점점 소심해지는 것이다. 아무래도 언어 문제가 크다. 평소에 한국말도 뭐 그렇게까지 달변이 아니구만, 낯선 곳에서 낯선 언어를 읽고 말하려니 더 헤매고 더 버벅거릴 수밖에 없다. 너무 당연한 건데, 그게 뭐라고 사람을 작아지게 만든다.

하지만 나로 말하자면 돈이나 시간이 부족하고 아쉬워 쩔쩔매는 일은 종종 있어도 언어 때문에 기죽는 경우는 거의 없다. 어학 천재, 뭐 그런 거냐고요? 그럴 리가요. 그냥, 갖고 있는 밑천으로 적당히 입을 털고 다니는 거다. 생각해보자. 세상 사람들이 얼마나 외국 여행을 많이들 다니는지. 다들 어학 천재라서가 아니라, 갈 만하니까 가는 거다. 애초에 우리가 여행을 가는 지역은 이미 어지간한 관광 인프라가 깔린 곳이 대부분이라, 대단한 어학 실력 없이도 원하는 걸 대충 얻을 수 있다. 밥 사 먹고 쇼핑하는 게 그리 어렵지 않다. 보통은 영어를 제일 자주 쓰게 되는데, 내 입에서 나오는 영어는 아주 쉽고도 짧은 것들이다. 외국 땅에서 영혼의 짝을 찾아 어마어마한 우주의 진리를 함께 탐구하려는 게 아니고서야 어렵고 거창한 단어와 표현을 끌어다 쓸 일은 거의 없다. 한국어를 쓸 때도 크게 다르지 않다. 지금 내 글을 읽고 계신 여러분들은 이미 눈치채셨겠지만 나는 되도록 뜻을 알고 있는 단어와 표현만 쓰려고 한다. 어렵고 심오한 표현 앞에서 100퍼센트 확신이 생기지 않을 땐 일단 사전을 찾아보고, 스스로 납득할 때만 사용한다.

종종 외국어에 서툰 걸 자존심 문제와 엮는 이들을 만난다. 누가 대놓고 조롱하는 것도 아닌데, 혼자서 북 치고 장구 치면서 속으로 씩씩거리는 것이다. 저 자식이 날 무시하는 것 같아! 여긴 다 사기꾼밖에 없나 봐! 이런 생각에 사로잡혀 버리면 여행을 즐길 수가 없다. 그때부턴 귀국일만 기다린다. 얼른 익숙한 곳, 내가 잘난 척할 수 있는 곳으로 돌아가고 싶어 조바심이 난다. 이런 사람들은 모르는 걸 물어보는 일에도 쓸데없이 큰 의미를 부여한다. 낯선 여행지에서 길을 잃었다면 주위 사람에게 물어보면 될 텐데, 길도 못 찾는 바보로 보일 거라며 잔뜩 날을 세우는 식이다. 입에 맞지 않는 음식에도 성질을 낸다. 여긴 왜 이따위야, 바가지네. 이 자식들, 나를 얕보는 거 아냐? 네, 떠오르는 사람이 다들 한두 명씩은 있으시죠. 대체 평소에 얼마나 남이 챙겨주고 얼러주고 달래주었길래 이러는 건지 참으로 궁금하다. 아주 그냥 밥상을 턱밑까지 갖다 바쳐야 한술 뜨셨나 보네. 특히 중장년층 이상의 남성 여행자들에게 많이 나타나는 현상이다. 외국에 나와보니 평소에 한국에서 누리던 알량한 보호막 같은 게 사라졌단 걸 본능적으로 느끼곤 바짝 쫀 게 아닐까? 어쩌면, 그래서 여성들이 여행을 좋아하는 건지도 모르겠다.

한국에서든 외국에서든 딱히 보호막이나 메리트가 없으니 차라리 마음 편해서.

하여간, 나의 첫 번째 외국어가 영어다 보니 그밖에 로마 알파벳을 사용하는 여러 언어도 덩달아 한결 친숙하게 느껴진다. 스페인어와 독일어, 이탈리아어, 터키어, 말레이시아어 등은 일본어와 중국어, 아랍어, 태국어 등에 비해 눈에 빨리 들어오는 것이다. 덕분에 그 의미를 완벽히 알진 못해도 머리를 데굴데굴 굴려 적당히 때려 맞출 확률이 상대적으로 높다. 짧은 여행을 할 땐 이럴 여유가 없지만, 나는 1달이고 2달이고 혼자 지내기 때문에 시간이 많다. 정말 많다. 욕심껏 관심 있는 분야의 언어 표현을 중얼중얼 외워 익히기도 한다. 역시 먹을 거다. 음식 재료와 조리법, 그 지역 명물 요리 이름의 목록을 만들어 휴대폰에 저장해놓곤 오며 가며 계속 들여다보는 걸 좋아한다. 그 결과, 불가리아든 베트남이든, 터키든 포르투갈이든, 다른 건 몰라도 메뉴판만큼은 더듬더듬 해독할 수 있게 되었다. 제대로 된 인사말은 할 줄 모르는 주제에 '뱃살을 발라내어 버터에 튀긴 고등어'라든가 '겨자 소스를 끼얹은 돼지 안심', '무화과 반 킬로그램

에 5리라' 같은 문장의 의미는 참으로 빨리도 파악하는 능력
이 생겨버린 것이다. 말할 상대가 없으니 혼자 중얼중얼 이
런 것만 외우고 다닌다니까요. 그나저나 고등어 되게 맛있겠
다….

　아직 의미는 모르지만 생김새가 아름다워 동경하는 언어
도 있다. 아랍 문자로 조형한 캘리그라피는 볼 때마다 사정
없이 황홀해진다. 모로코에선 오래 별렀던 캘리그라피 수업
을 드디어 들었는데, 낯선 문자와 도구(이게 또 예술이다. 대나무
를 직접 깎아 만든다)를 다루는 게 만만치 않았지만 무척 즐거
웠다. 눈앞의 빈 종이에 보이지 않는 그리드를 머릿속에서
착착 그린 다음, 대나무 펜에 잉크(숯가루와 동물성 접착제인 아
교를 섞는다)를 묻혀 수직과 수평, 그리고 대각선을 이용해 조
형해나간다. 첫인상은 화려하고 장식적이라고만 생각했는데
직접 해보니 탄탄한 설계가 필요한 건축적이고 수학적인 작
업이었다. 캘리그라피 강사에게 이런 소감을 전했더니, 실은
요 앞 고등학교 수학 선생님인데 아르바이트로 캘리그라피
도 가르치는 중이라고 해서 와하하 웃었다. 두 분야는 확실
히 통하는 데가 있는 거네.

한편, 이 수업은 마라케시의 문화센터 겸 게스트하우스에서 외국 여행자를 대상으로 진행하는 전통문화 강좌 중 하나였는데, 나는 여기서 모로코 전통 요리와 빵 만들기, 아랍어 캘리그라피, 전통 악기 수업을 들었다. 시간이 남아도는 1인 여행자는 요런 걸 하나씩 배우면서 노는 것이다. 마침 인포메이션 데스크 뒤쪽 벽에도 벽화처럼 화려하고 아름다운 캘리그라피가 가득하길래 감탄했는데

강사 : 저거 내가 쓴 거야.

나 : 너무 멋있다… 시 같은 거야?

강사 : 밤 10시 이후엔 조용히 하고, 쓰레기 아무 데나 버리지 말라는 뜻이야.

나 : (말을 돌리며) 저쪽에 있는 작은 캘리그라피도 이쁘다.

강사 : 저건 화장실 간판이고.

그렇게 저는 뜻을 모르는 외국어 티셔츠 같은 건 어지간하면 입지 않는 게 좋겠다는 교훈을 얻었습니다. 하여간 모로코는 아랍어와 프랑스어를 공용어로 사용하는데, 두 언어 모두 낯설고 서툴지만 여행하는 데는 별문제 없었다. 혼을

실은 손짓 발짓에 구글 번역기가 합쳐지면 못할 게 없다. 아니 그리고 좀 틀리면 또 어때. 어차피 나는 외국인이고, 모로코엔 난생처음 왔는걸. 온 김에 새로운 단어 1개씩, 표현 하나씩 배워가는 중인걸.

터키에서 2달가량 머물 때도 요런 마음으로 매일같이 나만 아는 작은 도전을 했다. 오늘의 도전은 이거다. 카페에 가서 터키어로 탄산수를 주문하겠어! 우선 구글 번역기를 켜고 탄산수를 입력한다. 어디 보자, '마덴 수유maden suyu'라고 하는구나. 중얼중얼 외운 후, 카페 직원에게 말해본다. 완벽한 문장일 필요 없이 "마덴 수유"라고만 해도 충분하다. 곧 직원이 무표정한 얼굴로 탄산수와 유리컵을 가져와 테이블에 툭 내려놓는다. 나는 고개를 끄덕여 인사하고, 속으로 미친 듯이 발을 구르며 난리법석을 떤다. 봤지? 내가 했다고! 터키어로 주문했다고! 하하하하하! 하루치의 기쁨으로 차고 넘친다. 이렇게 외우고 써먹은 단어는 꽤 오랫동안 머릿속에 머문다.

그나저나 터키에선 하루에도 몇 번씩 "꼬레kore?"라는 소리를 들었다. 한국인이냐고 묻는 것이고, 아주 높은 확률로 질문자는 남성이다. 정말로 궁금해서 묻는 것 같진 않지만 무시하고 쌩 지나가려니 뼛속까지 유교걸은 마음이 불편해진다. 에휴. 한국인 맞다고 대답하면 으레 남한이냐 북한이냐는 레퍼토리로 이어진다. 사우스? 노스? 김정은? 그리고 슬슬 애매하게 희롱하는 분위기로 흘러가는 식이고. 아, 질렸어! 그래서 마법의 앱 구글 번역기에서 '규네 꼬레Guney Kore'를 찾아냈다. 사우스 코리아의 터키어 표현이다. 요걸 외워두었다가, 다음번에 누군가 "꼬레?"라고 말을 걸 때 세상 시크한 표정으로 대답하는 것이다. 흥, 규네 꼬레거든? 상대방이 헉, 하고 놀란다. 터, 터키어 할 줄 아세요? 물론 못하지만, 어깨 한 번 으쓱해주고 가던 길을 계속 간다. 아… 방금 나 너무 멋있었어….

　모국어가 아닌 언어에 서툰 건 당연하다. 하고 싶은 말은 이만큼이지만 단어도 표현도 그 순간에 딱 떠올라주지 않는다. 그래서 당황스러울 때도 많지만, 그게 뭐 대수라고. 망신이라고 생각하면 한없이 망신스럽고, 그럴 수도 있다고 생각하면 그런가 보다 싶어진다. 외국어만? 평생 말하고 쓰고 읽어온 한국어도 막힐 때가 있다. 특히 프레젠테이션이나 강연, 방송 등 내 이야기를 기다리는 청중을 앞에 둔 상황에서라면 얼굴에 열이 확 오른다. 어떡해, 시간이 멈춘 것 같아! 하지만 실제론 끽해야 몇 초 정도 머뭇거렸을 뿐이고, 다들 그러려니 하며 나를 기다려준다. 반대의 상황에선 나 역시 기다려줄 것이다. 말발도 재능이니, 좋으면 좋을 것 같다. 하지만 단지 말을 술술 잘한다는 이유만으로 그 사람과 친구가 되고 싶었던 적은, 최소한 나는 없었다. 세상엔 더 중요한 게 많으니까요.

야간열차의

로망

여행은 좋아하지만, 이동은 피곤하다. 뭐가 되었든 타는 순간 어서 내리고 싶다. 차멀미와 뱃멀미를 골고루 하는 데다 가는 내내 좀체 잠을 자지 못하는 인간이라 더 그렇다. 비행기 멀미 경험은 아직 없는데⋯. 아 맞다, 혹시나 잠을 좀 잘 수 있지 않을까 하는 기대로 와인을 홀짝홀짝 마셨다가 기내 화장실 변기를 부여잡고 정신없이 토한 적은 있다. 가정용보다 크기가 작아 안정적으로 부여잡기 좋았다. 좋은 변기네요. 그러고선 자리로 돌아와 곧 기절하듯 잠들어 버렸으니 나름 효과가 있다면 있는 거지만 또 기내에서 술을 마시고 싶진 않다. 정말 힘들었습니다. 어쨌든, 다시 말하지만, 이동은 피곤하다. 정말이지 그렇다. 난 그저 가만히 앉아만 있었고 비행기, 기차, 자동차, 버스가 알아서 움직인 건데 어째서 내가 이렇게 힘든 건지 모르겠다. 그런 게 뭐가 좋다고 이렇게 열심히 떠나는 걸까… 라고 쓰다 보니 또 떠나고 싶네요….

　　교과서가 목놓아 부르짖듯이 대한민국은 삼면이 바다라, 외국 여행을 가려면 비행기를 타야 한다. 물론 일본과 중국, 러시아 일부 지역을 연결하는 배 편이 있긴 하지만 어지간하면 다들 비행기를 선택할 것이다. 여행을 자주 가니까 항공사 마일리지도 많이 쌓였겠다는 얘길 종종 듣는데, 아뇨, 전혀입니다. 여행을 자주 가는 사람은 한 번의 여행에 많은 돈을 들이기 어렵다. 금방 또 떠나야 하니 예산을 팍팍 쓸 수 없다. 보통은 항공권과 숙박비 비중이 제일 크니, 일단 그 2가지를 좀 아껴보려고 요리조리 궁리하다가 결국 날짜 변경이 안되거나 아예 환불이 안 되는, 마일리지 혜택도 없는 제일 싼 티켓을 선택하곤 한다. 어쩔 수 없지 뭐. 그러던 어느 날, 저비용 항공사(저가 항공)라는 새로운 세계의 문이 한국에도 스르륵 열렸으니… 두둥….

   2012년, 말레이시아의 저비용 항공사 에어아시아의 한국 취항이 그 시작이었다. 당시 현역이던 축구선수 박지성을 모델로 내세워 대대적으로 홍보했는데, 유럽을 여행하면서 라이언에어와 이지젯 같은 저가 항공 비행기를 타보긴 했지만 한국에선 처음 만나는 거라 무척 반가웠다. 그래, 진작 들어왔어야 했어! 게다가 취항 기념 이벤트로 쿠알라룸푸르행 항공권을 엄청 싸게 판다니 놓칠 수 없지. 일이고 마감이고 뭐고 일단 달려들었다. 나만 그랬을 리 없다. 항공사 홈페이지가 잠시 다운될 정도로 사람이 몰렸다. 그럴 만한 게, 잘만 고르면 5만 원이라잖아요. 그런데 예약 페이지의 달력을 아무리 열심히 클릭해봐도 그들이 말하는 그 5만 원짜리 티켓은 어째 보이질 않는다. 놀라운 가격 님, 대체 어디 계신가요! 있긴 있다. 아주 애매한 시기의, 애매한 시간대 출발로. 내가 원하는 괜찮은 날짜는 비싸다. 이 자식들, 장난하냐.

   그래도 어쨌든 저비용 항공사답게 다른 곳보단 저렴한 것 같아 보이니 일단 접속한 김에 좀 더 클릭해본다. 홈페이지에 머무는 시간이 1분 1초 더 길어질수록 오기가 더 더 생긴다. 이렇게까지 했는데 뭐라도 하나는 건져야 한다는 조바심이 버글버글 끓어오른다. 그렇게 저는 취항 기념 이벤트에 곱게 낚였던 것입니다. 어쩜 이렇게까지 대기업의 큰 그림대로 순순히 움직이는지 신기하다. 이정도면 인간 빅데이터지.

어쨌든, 덕분에, 난데없긴 하지만 쿠알라룸푸르에 잘 다녀왔다. 그리고 상큼한 교훈을 얻었는데, 저비용 항공사의 저렴한 요금에는 아무것도 포함되어 있지 않으니 배가 고프거나 목이 마를 땐 돈을 내고 뭐든 사 먹어야 한다는 것. 짐가방을 부치려면 돈을 내야 하는데 왕복 여행이니 요금도 2배라는 것. 그렇게 이것저것 다 따져보면 절대 '저비용' 항공이 아니라는 것…. 정말 소중한 교훈이네요. 그 와중에 기내 시설은 확실하고 착실하게 저비용스럽더라고요.

시간이 흘러흘러, 이젠 한국에서도 꽤 다양한 저비용 항공사를 만날 수 있게 되었다. 당장 떠오르는 곳만 해도 진에어와 에어서울, 티웨이, 제주항공, 이스타항공 등이다. 부산이나 제주도에 갈 때 참으로 감사하게 이용한다. 특히 인천공항에서 부산 김해공항까진 잘만 고르면 KTX보다 훨씬 싸기도 하고. 하지만 국제선을 타는 건 역시 망설여진다. 쿠알라룸푸르 이후에도 몇 차례나 광고에 낚여(인간아… 발전을 해라) 국제선 비행기에 다시 올라탔지만 매번 힘들었다. 어째, 점점 더 힘들어졌다. 좌석은 자그마하고 앞뒤 간격은 너무 좁다. 내 몸은 크다. 일본이나 대만처럼 두어 시간가량의 비행일 땐 그러려니 하지만, 그보다 먼 곳은 막막하다. 방콕만 해도 6시간은 가야 한다. 갈 때 6시간, 올 때 6시간. 아휴. 이코노미 좌석에 앉을 때마다 난 언제쯤 비즈니스 클래스에 타보냐며 투덜거리곤 했는데, 저비용 항공사로 태국을 왕복해보고선 이코노미의 소중함을 확 느껴버렸다. 사랑합니다, 이코노미….

기차를 오랫동안 타는 것 역시 만만치 않게 고되지만, 해보기 전에는 일종의 로망으로 마음속에 곱게 품고 있었다. 특히 유럽의 밤기차. 비행기를 타지 않고도 국경을 넘을 수 있다니 얼마나 멋있습니까. 새벽까지 은은하게 불을 밝히고서 창밖 풍경을 배경 삼아 책을 읽는 내 모습을 상상하면, 어휴, 세상에 그렇게 럭셔리하고 지적일 수가 없다. 이건 해야 한다. 그리하여 이 몸은 인생 첫 외국 여행 때 꿈꾸던 밤기차를 드디어 타게 되었는데… 1997년, 까마득한 옛일이다. 그래서 어땠느냐 하면, 밤기차의 침대칸은 정해진 시간이 되면 칼같이 불을 끄길래 당황했다. 플래시든 뭐든 개인 조명을 갖고 있다 해도 통째로 전세 낸 게 아닌 이상 함부로 켤 수도 없었다. 옆 침대 승객에게 실례다. 그러니 독서는 포기. 얌전히 잠을 자든가 귀에 이어폰을 꽂는 것 말고는 할 게 없었다. 기대했던 아름다운 창밖 풍경도 땡이다. 뭔가 있긴 있겠지만 해가 지고 나면 곧 새카매져 아무것도 보이지 않았다. 하긴, 불빛 화려한 시내 한복판을 천천히 달리는 게 아니니 당연하다.

첫 밤기차는 그렇게 눈 꼭 감고 잠만 자다가 끝나버렸다. 추억이랄 게 남아 있지 않아, 어디에서 어디로 이동하는 기차였는지 이젠 기억도 나지 않는다. 이 글을 쓰다 말고 머리를 열심히 굴려봤는데… 어디 보자, 독일 어딘가에 도착했던 것도 같아. 쾰른, 아니 뮌헨이었나? 이른 아침에 기차에서 내려선 피곤하고 정신없는 상태로 입냄새를 풀풀 풍기며 곧바로 가이드북에서 본 크고 오래된 성당에 가선, 사람들 틈에 끼어 전망대를 꾸역꾸역 올라갔다 비틀비틀 내려왔다. 숙소 체크인 시간까진 5시간도 더 남아, 어쩔 수 없이 무거운 배낭을 짊어진 채였다. 여행의 디테일은 어느새 휘발되고 힘들었던 기억만 남았다. 이상하네, 낭만적이어야 하는데, 뭐가 잘못된 거지?

몇 년 후 터키에선 야간버스에 도전했다. 버스라면 좀 다르겠지? 과연 다르긴 했다. 좌석 등받이가 젖혀지지 않을 거라곤 생각 못 했거든요. 그 상태로 9시간이라니 어이구야. 중간에 휴게소에 잠시 들러 허리와 다리를 쭉쭉 스트레칭한 다음 비틀비틀 화장실에 갔는데, 예고 없이 생리가 시작되었다. 엥? 이번 주일 리가 없는데…? 그렇게 갑작스레 영접한 터키의 생리대는 참으로 두툼하고 포근했답니다. 땀띠 날뻔했지 뭐예요.

젊어 고생은 안 하는 게 최고다. 몸과 마음은 쾌적하고 안전해야 한다. 극기훈련 같은 여행과 인생은 곤란하다. 몇 차례의 경험을 통해, 야간 이동이란 건 피할 수 없을 때가 아니면 하지 말자 주의자가 되었다. 나는 편한 게 좋다. 앉을 수 있는데 굳이 서 있지 않는다. 누울 수 있는데 굳이 앉아 있지 않는다. 여러분, 우리 몸뚱어리 아껴 써야 해요. 정말로요… 라고 가상의 눈물을 흘리며 글을 쓰다 보니 문득 또 한 번의 힘들었던 비행이 떠오른다. 아마도 방콕에 가는 길이었던 것 같은데….

　기내식을 맛있게 먹고, 화장실도 개운하게 다녀온 다음 좌석 등받이를 뒤로 젖혔을 때다. 이제부터 4시간은 더 날아가야 하니 편한 자세로 있어야지. 그런데 뒷자리 승객이 어깨를 툭 치며, 등받이를 다시 세우라고 말했다. 응? 이착륙 때와 식사 때만 아니면 괜찮은 것 아닌가? 그러나 이야기가 잘 되지 않았고, 승무원이 중재를 시도했지만 역시 통하지 않았다. 뭐 어쩌겠어요. 싸우기는 싫으니 입을 꾹 다물고 등받이를 세웠다. 그리곤 목베개에 바람을 푸푸 불어넣어 빵빵하게 부풀린 다음 거기에 머리를 이리저리 기댔다. 4시간 후 목적지에 도착해, 아이고 드디어 내린다며 목베개를 목에 두른 채로 머리 위에 넣어둔 가방을 꺼내려고 일어났다. 그러자 문제의 뒷자리 어르신이 헉, 하며 놀랐는데….

어르신 : 아이고, 다친 사람인 줄 몰랐네. 내가 너무 미안해!

나 : 예?

어르신 : 목에 깁스를 했네! 말을 하지 그랬어!

나 : 예….

그렇게 저는 내리는 순간까지 시치미를 떼고 뒷목을 살포시 붙잡았답니다. 어르신… 건강하시겠죠… 호호호….

여행지에

두고 오는 책의 낭만

짧은 여행은 여행만 하기에도 시간이 부족하다. 궁금했던 이 지역의 음식을 찾아 먹느라 하루가 훅 가고, 마음에 담아뒀던 장소를 겨우 몇 군데 구경하다 보면 어느새 집에 갈 시간이다. 바쁘다 바빠, 조바심이 난다. 그치만 좀 긴 여행이라면, 그것도 혼자라면, 시간이 남아돌아서 미치고 팔짝 뛰게 된다. 아침부터 부지런 떨며 밖에 나와봤자 거리가 휑하다. 오가는 사람들을 보며 와, 다들 출근하는구나, 학교 가는구나, 하다 보면 마음이 휑하다. 사람 구경은 몇 초만에 끝나고 당장 나에겐 할 일이 없다. 그래서 어지간하면 일찍부터 출동하지 않는다. 어마어마하게 인기 있다는, 줄을 하아아안참 서야 한다는 아침 식사 전문 식당 같은 곳에 가려는 게 아닌 이상. 그래서 나는 아침마다 고통스럽게 부르짖는다. 아이씨, 한국도 아닌데 왜 7시에 눈이 떠지고 지랄이야… 6시 아닌 게 다행이긴 하지만….

이른 아침에만 시간이 남아도는 게 아니라 해가 지고 난 후에도 참으로 한가하기 그지없다. 나는 언제나 어두워지기 전에 아이구, 하며 냉큼 숙소로 돌아온다. 번화가 큰길에 우뚝 서 있는 번쩍번쩍 큰 호텔에 묵을 땐 늦게까지 돌아다녀도 별로 겁나지 않는데, 에어비앤비는 조용한 주택가나 골목 안쪽 등 찾기 어려운 곳일 때가 많아 조금만 어두워져도 사방이 조용하다 못해 스산해지곤 한다. 한국처럼 빵집이나 식료품점이 늦은 시간까지 문을 열지도 않고(우리 집 앞 파리 바게뜨만 해도 밤 11시까지 합니다), 24시간 편의점도 잘 없다. 그래서 몸을 사리고 후다닥 숙소로 돌아와 잠금장치를 이중으로 꽁꽁 잠근다. 만약 그게 저녁 8시쯤이라고 치면, 그때부터 잠들기 전까지 할 거리가 필요한 것이다. 너무 일찍 자버리면 다음 날 쌩 새벽에 눈을 뜨게 될 테니까. 이렇게 쓰니까 무슨 돌고 도는 고통의 쳇바퀴 같은데, 아닙니다, 저는 불쌍한 사람이 아니에요. 좋아서 여행하는 겁니다. 믿어주세요.

아무튼 할 거리가 필요하다. 뭐가 됐든, 시간을 술술 잘 보낼 만한 거면 다 좋다. 남들은 이럴 때 뭘 하더라? 일러스트레이터 이다 작가는 그림 그릴 재료를 잔뜩 챙겨가 매일같이 여행지의 풍경을 담고 이야기를 엮는다. 그렇게 만들어진 아름답고 근사한 여행책이 벌써 여러 권이다. 여행지의 시장을 샅샅이 뒤져 온갖 재료를 사 와선 수공예품을 만들기도 한다. 그게 어찌나 멋있고 부럽던지, 나도 한 번 해보기로 했다. 긴 여행을 앞두고 급히 스케치북이랑 고체물감, 붓 같은 걸 되는대로 주문했다. 그래, 나도 미대 나왔잖아. 이참에 뭔가 멋진 걸 해보는 거야! 그래서 어떻게 되었는가 하면, 아주 금방 시들해졌다. 애초에 한국에서도 손으로 그림을 그리는 일이 거의 없으니, 여행을 갔다고 해서 갑자기 안 하던 걸 하게 되지 않는 것이다. 아아 이런… 아까운 내 그림 재료들….

역시 하던 걸 하는 게 낫겠다. 평소에 가장 많이 하고, 가장 즐거워하는 재밋거리. 익숙한 게 주는 안정감이란 게 있으니까. 어디 보자, 저야 뭐 사진 찍고 글 쓰는 걸 좋아하고요. 그리고 무엇보다 책. 하염없이 책 읽는 게 제일 좋습니다. 한국에선 책이 좋아서 열심히 들여다보고, 여행지에선 책이 없으면 안 되니까 매달리듯 읽는다. 제발 나의 둥둥 뜬 시간을 좀 가져가주렴.

　　그렇다면 어떤 책이 좋을까? 우선 뭐니 뭐니 해도 재미있어야 한다. 재미없는 책은 집에서든 여행지에서든 읽기 싫다. 아마 수감 중이어도 그럴 것 같다(겪어보지는 않았다). 그렇다고 해서 정말로 심각하게 재미있는 책은 또 그 나름대로 곤란한데, 왜냐고요? 도에 지나치게 재미있는 나머지 읽는 속도가 어마어마하게 빨라지기 때문이다. 후루룩 뚝딱 한 권이 끝나버린다. 여행 초반에 가져간 책을 다 읽어버리면 큰일이다. 남은 시간은 뭘 하라고! 게다가 책 내용에 몰두하느라 여행이고 나발이고의 상태가 되기도 한다. 추리소설만 잔뜩 챙겨 갔다가, 숙소에서 밀실 살인 당할 것 같은 기분이 들면 곤란하다. 그러니까, 재미는 재미대로 있으면서 읽는 속도는 너무 빠르지 않을 만한 책이 좋겠네요. 그런데 그런 책이 과연 있을까요? 우담바라(불교 경전에서 말하는 3,000년에 한 번씩 핀다는 꽃)가 필 때나 한 권씩 깨작깨작 출간되겠지. 너무 두꺼우면 무겁고 버겁다. 너무 얇으면 금방 읽을 테니 곤란하다. 하필이면 글 읽는 속도가 상당히 빠른 편이다. 그러니 가방 공간이랑 무게가 허락하는 내에서 최대한 다양한 장르의 책 여러 권을 꾸역꾸역 들고 가는 수밖에 없다. 아 무거워… 아 가방 터져….

이삿짐을 싸본 사람이라면 다들 맞아, 맞아, 할 것이다. 책만큼 짐이 되는 게 없다. 그저 오며가며 한 권 두 권 샀을 뿐인데 모아놓으면 숨이 턱 막힌다. 그 와중에, 한국엔 페이퍼백이 드물다. 없다고 해도 될 정도다. 딱딱하고 묵직한 하드커버 양장본이 유난히 사랑받는다. 나도 좋아하긴 하지만 여행가방에 여러 권 넣어 갈 생각을 하면 어휴, 무게도 부피도 부담스럽다. 그렇게 옹차옹차 낑낑대며 짊어지고 간 책들은 다 읽고 나선 숙소나 카페 같은 곳에 슬쩍 놓아두고 온다. 왠지 로맨틱하기는 개뿔, 그냥 버리고 오는 것이다. 짐을 줄이려고.

이쯤 되면 의아해지실 것 같다. 작가야, 그러지 말고 전자

책을 읽지 그러니? 삐빅, 정답입니다. 앞서 책이 무겁네 어쨌네 하며 투덜거린 건 이젠 다 지난 일이다. 몇 년 전 셀프 안식년을 선언하고 긴 여행을 준비할 때 인생 첫 전자책 단말기를 선물 받았다. 제가 드디어 이북리더 님을 영접한 것입니다. 경애하는 이북리더 님! 이렇게 쓰면 국정원에서 후다닥 출동해 잡아갈 것 같아서 무섭지만, 어쨌든 참으로 신묘하고 훌륭한 기계이다. 그때 선물 받은 건 크레마 그랑데 모델인데 지금까지 잘 쓰고 있다. 하드웨어만 놓고 따져보면 참으로 부실하기 짝이 없긴 하다. 느려 터졌고, 화면 잔상이 심하다. 하지만(책상을 쾅 내리치며)그 얇고 가벼운 기계 안에 실로 어마어마한 양의 책을 집어넣을 수 있는걸요. 여행지에서도 와이파이만 연결되면 그 자리에서 읽고 싶은 책을 착착 다운로드할 수 있다. 게다가 일부 전자책은 대여도 된다. 여행지에서 빌려 읽는 만화책의 맛이 또 각별하더라고요… 후후후….

　그렇게 몇 년째 만족스러운 전자책 생활을 하고 있긴 한데, 그 신묘함에 호르륵 홀리고 나니 새로운 고민거리가 생겼다. 한참 여행을 하는 도중에 어, 이거 왜 안 돼? 하는 사태가 발생하면 어쩌지? 그러잖아도 부실해 보이는 기계를 이미 몇 년간 썼으니 언제 고장 나도 놀랍지 않다. 미리 새 걸 사놔야 하나? 만약 잃어버린다면 그땐 또 어쩌지? 등등 의 걱정으로 심란해하는 중이다. 그런데 생각해보면, 이런 문제는 휴대폰이든 노트북이든 마찬가지겠다. 고장 나거나 분실하면 둘 다 큰일이다. 그렇군요, 아날로그는 아날로그대 로, 디지털은 디지털대로, 이놈이나 저놈이나 문제가 있네 요. 고민이 끝이 없다. 아휴, 정말 내가 못 살겠네.

삼성, 엘지, 현대,

서울, 북한…

페스의 쿠킹 클래스에 7명의 여행자들이 모였다. 오늘 만들 모로코 전통 요리는 시나몬과 건포도로 달달한 맛을 낸 닭고기 쿠스쿠스랑 당근과 호박을 듬뿍 넣은 채소 따진. 디저트로는 아몬드 가루에 향긋하고 쌉쌀한 오렌지꽃 증류수를 넣은 쿠키를 만들 것이다(벌써 맛있겠다). 수업 진행자는 알레르기가 있는지, 채식주의자인지, 종교적인 이유로 먹지 않는 재료는 없는지 한 명 한 명 물어보며 확인한다. 모두 오케이? 굿! 그사이 서로 눈인사는 했지만, 우리는 여전히 이름도 출신 지역도 모른다. 얼굴만 봐선 알 수 없다.

자, 수업 시작하기 전에 인사합시다! 나부터 시작했다. 아임 프롬 사우스 코리아, 한국에서 왔어. 이어서 한 명씩 말했다. 나는 말레이시아, 나는 라트비아, 나는 오스트레일리아. 곧 다음 사람이 입을 열었다. 아임 프롬 뉴욕.

순간 기분이 묘해진다. 다들 나라 이름을 말하는데 너는 도시 이름을 대는구나. 그렇게만 말해도 당연히 알 거라고 믿는구나. 그러고 보니 우리 모두 모로코에 모여서 영어로 대화를 나누고 있다. 너는 좋겠다, 얼마나 편하니? 말은 못하고 속으로만 생각한다. 그의 잘못이 아닌데 빈정거리고 싶어진다. 그러고 보니 몇 년 전 불가리아에서 만난 미국 여행자는 대뜸 악수를 청하며 말했다. "I'm from the States." 'America'도 'U.S'도 아니고 달랑 'States'라니, 그렇게만 말해도 전 세계 어디서든, 누굴 만나든 당연히 미국이라고 알아들을 거라는 자신감이겠다. 그런가? 기본 상식 같은 건가? 나는 리퍼블릭 오브 코리아에서 왔지만 "I'm from ROK"라고 말할 생각은 한 번도 해보지 않았다. 왜? 그야 당연히, 누구도 알아듣지 못할 것 같으니까요. 자신이 없으니까요.

한국 사람입니다, 라고 말하면 상대방은 으레 삼성, 엘지, 현대, 서울, 북한을 주루룩 읊는다. 한때는 "삼성을 알아요?" 하며 반가워했다. 길을 걷다 말고 앗, 현대자동차 대리점이 있네! 하며 신나서 사진을 찍기도 했다. 그런데 뒤집어 생각해보면, 그런 이름 몇 개 말고는 한국에 대해 딱히 할 말이 없다는 얘기기도 하다. 삼성, 엘지, 현대, 서울, 북한, 하며 일단 아는 건 다 꺼내놓는 것이다. 10년쯤 전부턴 슬슬 K-POP 가수들 이름이 나오기 시작했는데, 반갑긴 하지만 역시 의미가 없다. 생각해보세요. 제가 미국 사람을 붙들고서 비욘세를 안다고 해봤자 그 미국인이 뭘 그리 좋아하겠습니까. 역시 미국이 짱이라며 애국심을 불태울 것 같지 않다고요.

외국을 여행하는 중엔 문득문득 나는 누구인가를 생각한다. 나라는 존재가 소수성을 띠고 있다는 걸 인식하는 순간부터 그렇다. 여긴 어디고 나는 누구지? 혹시 내가 이곳의 이물질 같은 건 아닐까? 멀리 외국까지 나갈 것도 없이, 당장 우리 동네에서도 가끔 그런 기분을 느낀다. 너무 핫하고 힙한 곳은 입구에서부터 좀 망설여지는 것이다. 제, 제가 들어가도 되겠습니까? 눈치 없이 들어갔다가 괜히 물이나 흐리는 건 아닌지, 평균연령이나 확 높여버리는 건 아닌지 마구 송구스럽다. 반쯤은 농담이지만 나머지 반은 진심이다. 보통은 나(와 비슷한 사람)를 위한 인프라가 쫙 깔려 있는, 나(와 비슷한 사람)를 타깃으로 하는 장소에 가는 게 맘 편하다. 별 신경 쓰지 않아도 대충 그 안에 묻어갈 수 있다. 아유, 쓰다 보니 슬프네요. 그래도 어쨌든 우리 동네고 우리나라니까 괜찮다. 하지만 외국에서 이물질이 된 기분을 느끼면 그땐 10배, 20배로 슬퍼진다고….

여행자라고 다 같은 대접을 받는 건 아니다. 묘하게도, 나만 말도 안 되는 테이블로 안내해줄 때가 꽤 있다. 식당에 괜찮은 자리가 저렇게 많이 비어 있는데도 굳이 비상구 옆이나 화장실 앞에 나를 앉혀준다. 기분 탓일까? 내 주문만 받아주지 않을 때도 있다. 온갖 제스처를 동원해 지나가는 직원의 주의를 끄는 데 성공했고, 입을 뻐끔거리며 메뉴판이나 계산서를 요청했지만(그리고 직원은 분명히 고개를 끄덕였다) 아무리 기다려도 함흥차사다. 이 나라에도 함흥이 있나 보다. 포르투의 식당에선 내 상황을 지켜보던 옆 테이블 손님이 가벼운 고갯짓 한 번으로 직원을 호출해 곧바로 나에게 보내주었다. 세상에, 이렇게 쉬운 거였네. 게다가 이 직원, 영어도 잘한다. 아까는 그렇게 못 알아듣는 척하더니.

이런 작은 점 같은 경험들은 내 속 어딘가에 차곡차곡 소리 없이 쌓인다. 그리고 몸이든 마음이든 골골하고 꿀꿀한 어느 날 툭 튀어나온다. 점을 이으면 선이 되고, 선이 모이면 면이 된다. 점점 커져서 내 마음을 와앙 잡아먹는다. 즐거우려고 시작한 여행이 슬프고 아파진다. 그럼 어떡하냐고? 답은 없다. 어떻게든 빨리 털어내고 많이 웃어야지 뭐. 즐거운 일을 떠올리면서. 내 마음이 너그럽고 우아해서가 아니라, 그저 나를 지키기 위해서다. 이렇게 하지 않으면 더 열 받으니까. 포르투의 그 식당 유리창에 짱돌이라도 던지고 싶어지니까.

그나저나 포르투를 떠나 스페인 마드리드로 갔더니, 어머나, 첫날부터 무척이나 마음이 편했답니다. 그곳은 정말이지 모든 사람에게 공평하게 불친절한 곳이더라고요. 차라리 그게 낫다. 나한테만 그러는 게 아니라니 정말 고맙구나 이것들아….

고독이라는

사치

혼자 여행하는 건 어떤 면에선 고역이다. '고역'이라는 거창한 표현을 군이 갖다 붙일 만큼 고역이다. 누가 가라고 등 떠민 것도 아니고 향 피워놓고 고사를 지낸 것도 아니지만, 내가 좋아서 가방 싸 들고 뛰쳐나온 거지만 힘들긴 힘들다. 돈 쓰면서 노는 건데 뭐가 힘드냐고? 노는 건 어디서든 놀 수 있다. 괜히 멀리까지 가는 대신 동네에서 놀면 집에 가기도 편하다. 돈도 어디서든 쓸 수 있고(이건 진심으로 자신 있다) 맛있는 것도 어디서든 먹을 수 있다. 특히 서울이라면 전 세계의 어지간히 맛있는 건 다 모여 있다. 그런데도 왜 굳이, 그것도 혼자 여행을 가는 걸까? 100퍼센트 완벽하게 즐겁지 않고, 힘들어서 못 해 먹겠네, 싶은 순간이 오히려 더 많은데.

여행 일정이 길면 길수록 더하다. 하루 24시간이 어떻게 흘러가는지, 그 째깍거리는 소리를 속속들이 적나라하게 온몸으로 느낄 수 있다. 실수로 아주 뜨거운 음식을 입에 덥석 집어넣었다가 뱉지도 못하고 그냥 꿀떡 삼켜버린 경험이 있다면 이해할 것이다. 목구멍에서부터 뱃속까지 이어진 길이 눈앞에 3D 입체영상으로 펼쳐지니까. 으어어, 뜨거운 불덩어리 같은 게 실시간으로 쑤우욱 내려간다! 말하자면 그런 느낌이다. 시간이 적당히 여유 있으면 좋지만, 너무 많을 땐 당황스럽다.

잠에서 깨어 시간을 확인하니 아침 6시 반. 아, 왜 벌써 깬 거야, 미치겠네. 누운 채로 휴대폰을 보면서 버틸 수 있을 때까지 일단 버틴다. 8시가 되고 9시가 되니 허리가 아프고 눈이 뻑뻑해 어쩔 수 없이 일어나긴 하는데, 여전히 미치겠다. 오늘은 또 뭘 해야 하지? 지금 씻고 나가봤자 10시 전인데,

미술관이든 박물관이든 쇼핑몰이든 가볼 만한 곳은 아직 문을 열기 전이다. 그렇다고 오픈 시간에 딱 맞춰서 칼같이 들어가 구경하면 오후에 할 게 없어질 거고. 일주일 이내의 여행이라면 이럴 일은 잘 없다. 늦잠은 무슨, 부지런히 달려 온갖 좋은 곳을 열심히 훑느라 바쁘다. 하지만 긴 여행을 할 땐 계획을 잘 짜서 한 곳 한 곳 아껴가며 봐야 한다. 초반에 휘몰아쳐 버리면 나중에 갈 곳이 없어진다. 에라, 오늘은 그냥 나가지 말까? 그치만 여행지의 숙소는 내 집만큼 편하지 않다. 내 맘에 쏙 드는 맞춤옷 같은 공간이 아니라서인지 종일 뒹굴거리게 되지 않는다. 무엇보다, 어찌 되었든 간에 여행을 온 거니까 밖에 나가야 한다는 묘한 부담감도 있다. 여기까지 왔는데 양심에 찔려서 말이죠.

자동차에는 으레 '쇼바'라고 부르는 장치가 있다. 정식 이름은 완충기인데, 주행 중 차체에 가해지는 크고 작은 충격을 완화하는 장치다. 완충기가 망가진 자동차를 타고 달리면 도로의 컨디션이 온몸에 전해진다. 지면의 요철, 작거나 큰 돌멩이 하나하나가 발바닥과 종아리, 엉덩이와 척추를 타고 올라와 머리끝까지 퍼진다. 혼자서 여행할 때 종종 요런 느낌을 받는다. 나의 하루가 대체 어떻게 흘러가는지, 내가 세상을 바라보는 시선은 어떠한지, 내가 나를 다스리는 방식은 또 어떠한지 있는 그대로 적나라하게 알게 된다. 도망칠 곳이 없다. 탓하고 원망할 상대도 없다. 오로지 나하고만 시간을 보내는 건 생각보다 더 어렵다. 고역이라는 소리를 그냥 한 게 아니다. 완전한 외로움과 공백 앞에서 내가 과연 이걸 혼자 채울 수 있을지 가늠해보며, 새삼 그동안 익숙한 곳에서 익숙한 사람들에 둘러싸여 살았다는 걸 실감한다. 미처 몰랐지만, 내 완충기가 꽤나 빵빵했던 것이다.

여행 중의 나는 고독하다. 아쉬울 땐 아쉬워서, 좋을 땐 좋아서 고독하다. 이 모든 경험과 감정을 나눌 상대가 없어서 고독하다. 그럼에도 불구하고, 이젠 정말 내 집이 그립다고 소리 내어 부르짖을 정도로 외로움에 질렸으면서도, 여행을 마치고 돌아가는 길엔 다시 새로운 여행을 꿈꾼다. 어이없게도 그렇다. 이놈의 여행 이제 지긋지긋해! 근데 다음엔 어딜 갈까! 내친김에 항공권 검색 좀 해볼까! 이런 루틴의 반복이다. 대체 왜 나는 이 모양인 것일까? 혹시 고독하고 싶어서 그러는 건 아닐까? 그런지도 모르겠다. 고독을 누릴 수 있다는 건 굉장한 사치이니까. 돈과 시간을 들일 만한 가치가 있는 사치.

여행을 떠났다가 돌아오는 건 마치 어떤 짧은 인생의 시작과 끝을 경험하는 것 같다. 삶의 축소판 같다. 나는 매번 기승전을 거쳐 결을 마주한다. 매번 죽음을 생각하게 된다. 혼자선 생각밖에 할 게 없다. 지긋지긋하게, 질릴 때까지 생각한다. 누군가는 그런 게 싫고 두려워서 혼자선 떠나지 않는다고 하지만, 나에겐 그런 시간이 필요하다. 여행을 마무리할 때면 조용조용 자문한다. 여기서 끝난다면 어떨 것 같아? 여행이, 삶이 말이야. 한때는 고독을 바라고 원하면서도 무서워했던 것 같다. 고독에 끌리면서도 고독을 버거워했던 것 같다. 낯선 곳에서 낯선 시간을 숱하게 보낸 지금은, 고독의 기쁨을 안다.

한편, 혼자 여행할 때 휴대폰이랑 에어팟, 전자책 단말기만큼 유용한 물건이 없고 유튜브처럼 감사한 존재가 또 없는데 말이죠. 말해 뭐하겠습니까. 특히 나는 피지 제거 동영상을 무척 열심히 본다. 정말이지 더러워 죽겠는데 눈을 뗄 수가 없다. 시간이 잘 가고, 잠도 잘 온다. 자신의 모공을 희생해 즐거움을 주시는 유튜버 선생님들 정말 감사합니다. 물론, 사르르 잠들락 말락 하는 순간 잘 뽑혀 나오던 피지가 뚝 부러지기라도 하면 짜증이 확 나면서 잠도 확 깨서 문제지만, 그래도 남은 걸 어떻게든 쑤우욱 뽑아내는 열정과 끈기에 다시 감동하며 뜨거운 눈물을 흘리게 되는 것이다… 라는 건 과장이지만요. 여행 중에 요런 콘텐츠에 푹 빠진 나머지 귀국해서는 아예 휴대폰과 텔레비전을 연결해 시원시원한 큰 화면으로 실컷 보고 있습니다. 크게 보니까 이렇게 좋네요. 막 팔뚝만 한 버터 덩어리 같은 게 아우 막… 다음엔 꼭 80인치 텔레비전 사야지….

여행지의

사람들과 친해지는 일

여러분은 본명과 별개로 외국어 이름을 갖고 계신가요? 저는 없습니다. 그러고 보니 인터넷 커뮤니티에서 사용하는 닉네임도 그냥 본명 그대로다. 내 이름에 집착한다거나 한글을 너무 사랑해서 그러는 건 아니고, 귀찮아서 굳이 만들지 않았다. 아니, 딱 한 번 만들긴 했는데, 대학교 1학년 때 영어 회화 학원에 등록했더니 영어 이름을 만들라길래 어… 어… 하다가 대충 정했다. 당시 딱 떠오르는 이름이 하나뿐이라 'Kurt'라고 했고(좋아하던 밴드 보컬의 이름에서 땄다), 이후 수업 때마다 왜 남자 이름으로 했냐는 질문을 몇 번이고 받게 되어 에잇, 하며 그냥 쓰지 않기로 한 겁니다.

뭐 그렇게 해서, 세계 어느 곳에 가든 '신예희'라는 이름을 대고 있다. 여행을 그렇게 자주 다녔지만 이름 때문에 딱히 불편한 일이 없었는데, 아니 그렇잖아요. 유학도 취업도 아니고 그냥 혼자 입 다물고 잠깐 여행하는 건데 내 이름을 밝힐 일이 뭐 그리 자주 있겠냐고요. 현지인과 대화를 나눌 일 같은 건 참으로 드물다. 가뭄에 콩 나듯 입을 열더라도, 사우스 코리아에서 온 여행자의 입에서 사우스 코리아 이름이 나오는 건 당연하다. 그리고 내 이름은 내 마음에 쏙 든다. 굳이 외국어(영어) 이름을 갖다 붙이고 싶은 마음이 없다. 흥.

외국인이 발음하기 어려워하지 않을까 걱정하는 사람들도 있을 것이다. 하지만 어차피 모국어가 아닌 언어를 발음하는 건 누구에게나 일종의 도전이라, 나는 나대로 남들은 남들대로 이리저리 시도하면 된다. 어마어마하게 고통스러운 일도 아니구만, 그정도는 서로 해줄 수 있잖아요. 예희는 '예쁘고 희구나'의 줄임말이라(한글 이름입니다), 내 이름에 흥미를 보이는 사람을 만나면 뜻을 알려준다. 영 발음을 어려

위하는 이들에겐 노래 부르듯 하라고 말해준다. 자, 이렇게 해봐. 예에에희이이이~ 엉터리 오페라 가수처럼 바이브레이션을 넣어 한 곡조 쭉 뽑는다. 그럼 그 자리에 있던 사람들이 함께 와하하 웃는다. 반응이 괜찮을 땐 다들 해보라며 한 명씩 시킨다. 내가 잘 써먹는 레퍼토리다. 살짝 어색할 때 분위기를 호로록 녹여주는 작은 노하우.

그러니까 나는 인상이 꽤 좋은 편이고, 잘 웃으며, 마음만 먹으면 요런 레퍼토리들을 적당히 활용해(여러 개 있습니다)처음 본 사람과도 금방 편하게 이야길 주고받을 수 있다. 대단히 길고도 깊은 인연을 만든다는 게 아니라, 좋은 얼굴로 사회생활을 할 수 있다는 소리다. 특별한 것은 아니다. 아마 많은 사람들에게 이정도 기술은 있을 것이다. 직장이든 동호회든 학교든 학원이든 종교 시설이든, 우리 모두 좋거나 싫은 조직 생활을 겪어봤잖아요. 속으론 무슨 생각을 하든 간에 겉으론 웃는 게 뭐 그리 어렵진 않죠. 나 역시 오랫동안 프리랜서로 일하다 보니 이런 스킬이 늘었다(사실 애초에 이런 걸 잘해야 프리랜서로 일하는 데 유리하기도 하다). 여행 중에도 요 사회적인 미소를 잃지 않는다. 덕분에 다양한 사람을 만나고 홍미로운 경험을 하기도 한다. 차를 얻어 마시고, 밥을 얻어 먹고, 짧거나 긴 시간을 함께 보낸다. 동네 아이들 손에 이끌려 학교를 구경하러 갔다가 얼결에 교장 선생님에게 초대받아 조회시간의 스타가 된 적도 있다. 터키 초등학교 전교생 앞에서 마이크를 잡고 한마디 하는 기분을 아시나요. 정말 어마어마했답니다.

하지만 동시에 조심, 또 조심한다. 내 나름의 기준이 있어 여차하면 선을 긋는다. 혼자 잘도 돌아다니는 걸 보고 주변 사람들이 많이들 궁금해하는 게 뭐냐면, 요번엔 괜찮은 누구 좀 없더냐는 것이다(없다 이것들아). 하고, 하고 또 하는 이야기지만, 나는 여행 중에 아주 몸을 사린다. 밝은 대낮에 열심히 돌아다니다 해가 지기 전에 숙소로 돌아가는 인간이다. 술도 거의 마시지 않고 담배 냄새를 괴로워하며 정신 사나운 것도 질색이라 술집이나 클럽에도 가지 않는다. 그저 무사히 이번 여행을 마치고 멀쩡한 몸뚱이로 집에 돌아가는 게 소원이다. 평소에도 그렇고 여행 중에도 그렇다. 참 재미없는 사람입니다. 그래서 종종 이런 생각을 한다. 내 인생은 영화나 드라마 소재가 되긴 어렵겠다고. 외국에 왔다고 해서 갑자기 눈이 홱 돌아가지 않는다. 갑작스러운 친절 앞에서 우와 감사합니다, 라며 무작정 순수하게 마음을 열 순 없다. 나에게 뭘 바라는 건지 경계부터 하게 된다. 밑도 끝도 없이 무작정 경계하느냐, 천만의 말씀. 밑도 있고 끝도 있다. 다양한 곳에서 다양한 사람을 만나고 다양한 경험을 하는 건 맞지만, 상황과 맥락을 조심조심 살펴보며 나를 지키려고 노력한다. 긴장을 푸는 건 곤란하다.

그렇다면 어떤 상황이 위험한 상황이고 어떤 사람이 이상한 사람인가? 구분할 수 있는가? 아휴, 잘 모르겠다. 아니, 대충 눈치가 있긴 한데 말로 설명하기 어렵다. 일단 여행지의 분위기가 어떤지, 이곳 사람들은 대체로 어떤지 알아야 (시간이 꽤 걸린다) 상대적으로 미심쩍고 애매한 상황과 사람을 알아볼 확률이 높아진다. 살면서, 일하면서, 여행하면서, 그동안 직접 겪은 일과 보고 들은 일들이 쌓여 우리들 각자의 인사이트가 된다.

이러니, 여행지에서 친구를 사귀는 건 역시 어렵다. 여행의 로망은 현지인 친구 만들기 아니냐고 묻는다면, 로망이란 실현되기 어려워야 제맛이라고 대답하겠다. 이런 사람 저런 사람을 이런 이유 저런 이유로 다 쳐내는 바람에 혼자 여행하다 혼자 돌아온다고요. 그리고는 맘속으로 내 머리를 토닥거리며 합리화한다. 잘했어, 잘했어. 덕분에 지금 이렇게 멀쩡히 살아있잖아. 처음 보는 외국인이랑 뭘 얼마나 깊은 관계를 맺을 수 있었겠어. 이메일 주소 정도는 교환할 수 있겠지, 인스타그램 맞팔 정도는 할 수 있겠지. 하지만 그 이상은, 그와 나의 시간을 꽤 들여 각자의 언어와 공통의 언어를 동원해 어색하게 대화를 이어가는 것은, 어휴, 역시나 고된 일이야.

그래도 가끔 생각나는 얼굴들이 있다. 그때 그 사람이랑 저녁을 같이 먹었다면 어떻게 되었을까? 그때 그 학생들과 함께 주말여행을 갔다면 어땠을까? 다들 어떤 사람이었을까? 어떤 이야기를 나눌 수 있었을까? 우리는 어떤 시간을 보낼 수 있었을까? 조금만 더 다가갔다면, 받아들였다면….

이제는 알 수 없다. 영원히 알지 못할 것이다. 그게 아쉬우면서도 안도하게 되니 참으로 이상하죠.

어느 여행자의

흘러가는 세월에 대하여

휴대폰 사진 갤러리를 클릭해 아래로, 아래로 쭉쭉 내리다 보면 헉, 하고 자꾸 놀라게 된다. 그게 말이죠, 여행지에서 찍은 사진 속 내 얼굴이 너~무 좋아 보이지 뭐겠습니까. 물론 대부분 셀카이니 실물이랑은 애초에 많이 다르긴 하지만, 그걸 고려하더라도 너~무 좋다. 물결 표시를 마~구~마~구 붙이고 싶을 정도로 좋다. 얼굴만 그런 게 아니라 온몸이 가볍고 에너지로 가득 차 보인다. 요만큼도 피곤해 보이지 않는다. 우와, 하나도 안 부었어. 우와, 이목구비 뚜렷한 거 봐. 그날에 비해 오늘의 내 모습은 어찌하여 이 모양 이 꼴인 것인가. 역시 노는 게 최고다. 인간은 놀아야 얼굴이 활짝 핀다. 여행이란 돈을 쓰는 거지 돈을 버는 게 아니다. 아주 그냥 작정하고 길에 돈을 뿌리고 다니는데 얼굴이 피는 건 당연하다. 단돈 1,000원이라도 버는 것보단 쓰는 쪽이 더 재미있고 즐겁다. 이 여행이 끝나기 전엔 미팅도 없고 마감도 없다. 이러려고 비행기 타기 직전까지 죽어라 일해서 돈도 벌고 시간도 벌어놨다. 그러니 얼굴에서 번쩍번쩍 광이 날 수밖에 없지.

평소보다 몸을 훨씬 더 많이 움직이는 것도 이유일 것이다. 어마어마한 결심을 해서가 아니라, 여행 중엔 자연스럽게 그렇게 된다. 여기 가서 맛있는 것 먹고 저기 가서 좋은 구경 하다 보면 하루에 10,000보 정도는 쉽게 걷는다. 10,000보는 결코 만만치 않은 숫자다. 평소라면 의지력을 가지고 의식적으로 움직여야 어렵사리 채울 수 있다. 여행 중엔 매일같이 그 이상을 걸으니 몸이 가볍고 가뿐하고 힘도 난다. 다리랑 허리가 좀 아프긴 해도 마냥 즐겁고, 밥맛도 어찌나 좋은지 와구와구 신나게 먹는데도 칼로리가 몽땅 소모되는 것 같다(이건 착각일 수 있다). 그래서 여행 중엔 평소보다 더 많이 먹는다. 여기까지 왔는데, 언제 또 올 수 있을지 모르는데, 라며 이것도 시키고 저것도 시킨다. 너무 많은가? 남기면 되지. 아니네? 다 먹었… 네…?

그렇게 쑤욱 늘어난 위는 여행을 마치고 돌아와서도 그대로다. 요게 문제다. 일상으로 복귀했으니 언제나처럼 3보 이상 걷지 않고 종일 노트북 앞에 앉아 거북목을 쭈욱 내밀고 있다가, 먹을 땐 여행할 때만큼 먹는다. 그렇게 두어 달이 지난 어느 날, 내가 오늘 그랬듯이, 지난 여행 사진 속의 내 얼굴을 보며 울부짖는 것이다. 저란 인간…, 어찌나 어른스러운지 저도 깜짝깜짝 놀란답니다….

이참에 살을 좀 빼야 하나? 나이를 먹을수록, 여행을 더 즐겁게 하려면 몸이 가뿐해야 한다는 걸 느낀다. 몇 년 전부터 이 사실을 제대로 체감하는 중이다. 평소엔 딱히 걱정하거나 조바심내지 않는다. 어차피 내 몸뚱이고 내 삶이니 무거울 수도 있고 가벼울 수도 있는 거지. 하지만 여행 중엔 확실히 문제가 된다. 그거 좀 걸어다녔다고 몸이 아프기라도 하면 이후의 일정에 차질이 생긴다. 당황스럽다. 와, 나 이렇지 않았는데? 이럴 리가 없는데? 정말 그랬다. 30대까지만 해도 괜찮았었다. 발바닥에 불이 나는 것 같고 종아리에 타조알 같은 게 땅땅하게 배겨도 한참 잘 자고 일어나면 말짱했었다. 몸은 피곤해도 입에선 와랄랄라 노래가 절로 나왔다. 여행은 즐거운 거니까. 그러니 툭하면 역정 내는 어르신을 이해하지 못했다. 그런데 이젠 슬슬 이유를 알겠다. 몸 어딘가가 쉴새 없이 아프거나 불편하니 참을성이 빠르게 바닥나는 것이다. 좋은 걸 봐도 좋지 않고, 맛있는 걸 먹어도 맛있지 않은 것이다. 주변 상황을 살필 겨를 없이 일단 아무 데나라도 앉게 되고, 입에선 아우 죽겠다, 소리가 흘러나오는 것이다. 슬프지만, 누구도 피해갈 수 없는 변화다.

어릴 적엔 아프고 피곤한 게 별로 겁나지 않았다. 용감해서가 아니라, 그저 몰라서 그랬던 것 같다. 마치, 뒷일 따위 생각 않고 온 힘을 다해 놀다가 한순간에 방전되어 아무 데서나 곯아떨어지는 아이 같았다. 하지만 이젠 뒷일을 너무 잘 아니 절대 그럴 수 없다. 몸을 살살, 최대한 살살 써야 한다. 어지간하면 샌들도 피한다. 여행 갈 땐 으레 맨발로 스포츠 샌들을 신고 돌아다녔지만, 족저근막염 증세가 생긴 후론 괜찮은 워킹화에 족저근막염에 좋다는 깔창까지 야무지게 깔기 시작했다. 다행히 효과가 좋다. 어디서든 자신 있게 신발을 벗을 수 있도록 디자인만 좀 괜찮으면 더 좋겠다. 깔창 회사 사장님, 보고 계신가요.

  선글라스는 거추장스러워서, 양산은 귀찮아서 생전 쓰지 않았지만 이젠 여행의 필수품이다. 강한 햇빛을 받으면 확실히 눈이 피곤해진다. 안과와 치과 같은 곳에도 제 발로 찾아가기 시작했는데(그 전엔 어마어마하게 아프지 않으면 가지 않았다), 딱히 당장 불편한 곳이 없어도 석 달에 한 번씩은 꼭꼭 검진받는다. 별문제 없다는 전문가의 한마디가 너무 듣고 싶어서 그런다. 왠지 되게 슬프네요. 특히 나의 안과 주치의 선생님은 유난히 측은지심 가득한 인상이라 병원에 갈 때마다 가슴이 아려온다. 환자분의 안구가 건조한 건 노화 때문입니다. 눈이 충혈되는 건 노화 때문이에요. 이런, 노화로 난시가 더 심해졌네요. 매번 아련하게 노화를 강조하는 그분….

  그나저나 글을 쓰다 보니 하소연과 한숨만 가득하네요. 시간은 흐르고, 나이는 먹고, 답은 없어서 그렇습니다. 좀 봐주세요.

무사히

돌아온다는 기적

러시아항공을 처음 이용한 건 불가리아 여행을 갈 때였다. 모스크바를 경유하는 노선인데, 어차피 소피아까지는 직항편이 없는 데다 러시아항공 티켓이 좀 싸기도 했다. 이참에 모스크바 공항 구경도 해보고 좋네. 그런데 무뚝뚝하기 그지없는(불친절한 것과는 엄연히 다릅니다) 기내 서비스를 받으며 한참을 비행한 끝에 모스크바 공항 활주로에 착륙하는 순간, 갑자기 주변 승객들이 하나같이 박수를 치며 우와아아 환호하지 뭐겠습니까. 뭐야? 무슨 일인데? 알고 보니, 무사히 착륙한 걸 축하하는 일종의 전통 의식 같은 거란다. 이 거대한 기계 덩어리가 하늘에 부웅 떠올라, 먼 거리를 쭈욱 날아, 무사히 착륙했다니 축하할 만하지 않냐는 이야기. 워낙 사고가 잦기로 악명높은 항공사라 요런 전통이 생긴 거라는데, 유래를 생각하면 웃을 일은 아니지만 그래도 희한하게 기분이 좋아졌다. 그러네, 우리는 모두 기적을 공유한 거네. 3주 후 불가리아 여행을 마치고 귀국할 땐 저도 미리 마음의 준비를 했다가 같은 타이밍에 신나게 박수를 치고 환호했답니다. 또 한 번의 기적을 축하하면서요.

여행을 무사히 마치고 멀쩡히 돌아온다는 것을, 어떤 형태의 피해도 딱히 입지 않고 돌아온다는 것을 당연하게 여겼던 때가 있었다. 아니, 애초에 그런 걸 깊게 생각하질 않았던 것 같다. 뭐 그냥 여권 챙겨서 슉 갔다가 슉 오면 되는 것 아냐? 하지만 천천히 깨달았다. 이건 하나의 기적이구나. 더불어, 이번 여행이 잘 풀렸다고 해서 다음번에도 당연히 그럴 거라 믿어선 안 되겠다는 생각도 하게 되었다. 아마도 그래서 내가 몸을 무척이나 사리는 거겠지. 세상의 모든 골치 아픈 일은 누구에게든, 언제든 일어날 수 있다. 딱 나만 골라서 샥샥 피해가지 않는다. 사소하든 사소하지 않든, 나 때문이든 재 때문이든 다 그렇다.

 이렇게 이야기하니 여행 중에 되게 엄청난 문제라도 겪어
본 것 같지만 다행히 그런 건 아니고, 그저 귀찮고 골 아프고
성가신 일들을 몇 번 당했을 뿐이다. 콜롬보에선 예약하고
결제까지 마친 숙소가 나도 모르게 몽땅 취소되어 버렸다.
신용카드 번호를 해킹당했기 때문이란다. 대체 어떻게 한 걸
까? 재주들도 좋아! 가방을 질질 끌고 기분 좋게 숙소에 도
착해 체크인하려다 엄청나게 당황했다. 신기하게도 이런 날
엔 꼭 폭우에 천둥 번개까지 친다. 비행기 좌석 등받이 수납
공간에 여권을 곱게 꽂아둔 채로 내렸던 적도 있다. 하루 지
나서야 그 사실을 알아차렸을 땐 마치 만화의 한 장면처럼
몸에서 피가 싸아악 빠져나가는 느낌이 들었다. 어휴, 정신
없이 리스본 공항의 분실물 센터로 달려갔었지. 종교 생길
뻔했지 뭐예요. 입에서 기도가 절로 나오더라고요. 우루무치
공항에서 카슈가르행 비행기를 탔을 때도 빼놓을 수 없다.
대체 무슨 일이 생긴 건지(지금도 모른다) 가다 말고 다시 우루
무치로 돌아왔는데, 승무원이며 공항 직원 모두 영어가 전혀
통하지 않아 오도 가도 못 했더랬다. 그 와중에 위구르인 독

립운동으로 유혈사태가 일어나 중국 정부에서 인터넷과 국제전화를 막아버렸고, 그리고 또, 그리고 또….

   이런 경험들은 평소엔 잊고 있다가, 여행 이야기를 말로 하거나 글로 쓰기 위해(지금처럼요) 지난 기록들을 쭉 들춰 볼 때 생각나 아 맞다, 하게 된다. 계속 떠올리고 곱씹어 봤자 달라지는 게 없어서 적당히 덮어두고 다음으로 휙 넘어 가느라 잊은 거다(물론 두고두고 원한을 품을 만한 일도 있지만… 후후후…). 어떤 일로 고통받기 시작하는 지점은 '왜?'를 생각하는 순간부터인 것 같다. 왜, 대체 왜? 나에게 왜? 이 생각을 하지 않는 방법을 여러분은 아시나요. 저는 모릅니다. 우리는 계속해서 이유를 고민한다. 명백한 상대방의 잘못으로 피해를 당해 보상을 받더라도, 이미 상해버린 감정을 아무 일 없었다는 듯 되돌리긴 어렵다. 마음을 다스리는 건 정말이지 쉽지 않다. '왜?'를 수백 번 되뇌어봤자 달라지는 게 없는 걸 알지만 멈추지 못한다. 나는 왜 이 좋은 곳에서 불쾌하고 부당한 일을 당한 걸까? 여행할 때뿐 아니라 살면서 겪는 여러 일에도 마찬가지다. 그때 그 사람은 왜 그랬을까? 왜 천재지변 같은 일이, 불행이 나에게 일어났을까? 묻고 또 묻는다.

내 마음에 드는 답이 나올 때까지. 그러는 사이 끝없이 고통받는다. 자신의 손으로 지옥을 건설한다.

그러니 내 손으로 가위든 칼이든 펜치든 톱이든 뭐든 집어 들고 확 잘라내야 한다. 그래, 내가 어떤 일을 겪은 건 맞아. 그때는 내가 나를 보호하지 못했으니, 이제부턴 힘내서 달라지자. 더는 나를 다그치고 몰아세우지 말자. 이렇게 글로 쓰고 있으니 꽤 우아하게 들리는데, 실제론 어마어마하게 쌍욕을 하며 마음속으로 퉷퉷 침을 뱉는다(실제 공공장소에선 뱉으면 안 됩니다). 아오씨, 똥 밟았네, 하고 털어버린다. 이렇게 막을 내리지 않으면 남은 여행마저 망칠까 봐 그러는 것이다. 그리고 내 기분을 어서어서 좋게 해줄 만한 일을 해야 하는데, 예를 들어 맛도 좋고 모양도 예쁜 걸 먹는다든가 하는 식으로. 달리기도 좋고 쇼핑도 좋겠지. 뭐가 되었든 열심히 나를 토닥여준다. 그리고 여행자보험으로 보상받을 만한 게 있는지도 한번 살펴보고… 후후후….

보험 이야기가 나와서 말인데, 요걸 내가 꼭 타 먹고 말 테야, 라는 생각으로 가입한 적은 없다. 애초에 피해를 보지 않는 게 최고다. 그저 제발 이 돈 받으시고 별일 없이 여행하게 해주십쇼, 라는 마음이다. 부디 아프거나 다치지 않고, 소매치기나 강도를 만나지 않길 바라며. 보험이란 현대인의 샤머니즘이니까. 그나저나 한국에서 소매치기란 옛날 배경의 드라마나 영화에나 등장할 법한 추억의 직업이지만(아, 직업이라고 하면 안 되겠죠) 여행 중엔 정말로 조심해야 할 대상이 되어버린다. 이 분야의 전문가가 작정하고 달려들면 우리는 맥없이 탈탈 털릴 것이다.

어쨌든 그렇습니다. 기적이라고밖에는 말 못 하겠어요. 세상엔 정말이지 별의별 사람이 있고, 별의별 변수가 있으며, 내가 뭘 어떻게 할 수도 없다. 이런 일이 수도 없이 벌어지는 와중에 우리는 어떻게든 요리조리 피하거나 맞고, 낑낑거리며 살아남아 또 오늘을 맞이하고 내일을 기다린다. 익숙한 공간에서도 만만치 않은데, 낯선 여행지에선 더욱 기적적인 일이다. 이 골목이 맞나, 이 버스가 제대로 가는 건가, 라는 불확실한 상태가 쭉 이어지는 상황에서 별일 없이, 심지어 꽤 즐거워하며 지낸다는 것. 나 원 참.

그런데 한편으론 단지 기적이라고만 할 순 없다는 생각도 든다. 그저 운이 좋아서 그랬을 리 없지. 이런저런 경험들, 좋거나 좋지 않은 경험들에 잡아먹히지 않은 덕분에 나만의 인사이트가 생겼기 때문일 것이다. 여행만 그런가, 프리랜서로 지금까지 일하는 내내 어느 한순간도 수월하게 지나가지 않았고 불안하지 않을 때가 없었다. 그래도 뭐, 아유 어떡해, 라고 투덜거리며 어떻게든 해나가고 있습니다. 앞으로도 그럴 수 있기를 바랄 뿐이죠. 삶도 여행도.

나는 내내
여행을 생각했다

코로나바이러스라는 게 유행이래, 태국에도 퍼졌대, 확진자
가 벌써 4명이나 생겼대. 카톡 메시지가 하루에도 몇 개씩
날아왔다. 방콕에 머무르며 여행한 지도 어느새 1달, 거긴
위험하니 어서 돌아오라는 주변 사람들의 걱정이 이어졌다.
매일매일 어리둥절했다. 이 좋은 델 왔는데 밖을 돌아다니지
말라니 이게 무슨 소리야? 나 정말 귀국해야 하는 거야?

　어쨌든 조금 겁이 났고, 부랴부랴 마스크를 사러 갔다. 방
콕은 미세먼지 지수 높은 걸로 둘째가라면 서러운 도시라,
코로나바이러스 이야기가 나오기 한참 전부터 마스크를 쓴

사람이 흔했다. 그러니 쉽게 살 수 있겠지. 그치만 드럭스토 어랑 슈퍼마켓을 몇 군데나 돌아다녀 봐도 다들 고개를 젓는다. 마스크 없어요? 여기도요? 흉흉한 뉴스 탓에 이미 모두 품절인데 언제 물건이 들어올진 알 수 없단다. 슬슬 긴장되기 시작했다. 심지어 마스크를 쓰지 않으면 비행기에 탈 수 없다는 이야기가 들려왔다. 귀국 전날에야 겨우겨우 중국산 덴탈 마스크를 구했고, 여차여차 무사히 한국에 돌아와 한숨을 내쉬었다. 이제 안심이네. 여긴 안전해. 그리고 딱 열흘 후, 신천지 대구교회 코로나 19 집단 감염 사건이 터졌다.

시간은 잘도 흘러갔다. 휙휙, 바람 소리가 들릴 만큼 빨랐다. 무슨 일이 있었더라? 약국 앞에 줄을 서서 마스크를 사야 했지. 겨우 몇 장씩. 그땐 손 소독제도 구하기 쉽지 않았어. 휴대폰의 재난문자 알람에 흠칫 놀랐고, 급히 확진자 동선을 검색했지. 카페 안에서 커피를 마실 수 없어서 슬펐던 때도 있었어. 그리고 백신이 등장해, 불안함 반 설렘 반으로 접종했지. 그리고 또, 그리고 또…. 지난 몇 년간은 그렇게 굵직굵직한 타이틀로만 기억될 것 같다. 일상의 작은 디테일은 희한하게도 잘 떠오르지 않는다. 혼자 보낸 시간이 어느

때보다 많았다는 정도뿐이다. 먼 훗날엔 이 시기가 어떻게 기억되고 기록될까? 알 수 없다. 그저 당장의 허들이 높아만 보이고, 눈앞의 터널이 길게만 느껴진다.

나는 내내 여행을 생각했다. 이 모든 게 끝나면 제일 먼저 가고 싶은 장소를 꼽아보았다. 좋아, 여기에선 이걸 하고, 이걸 먹을 거야. 저기에도 가야지. 정말 정말 재미있게 놀 거야. 구글 지도를 열어 그리운 장소를 살살 훑어 나가기도 했다. 즐겨찾기에 등록해 초록색 별표가 생긴 곳들을 하나하나 눌러보며 즐거워했다. 아휴, 이 골목 기억나. 이 가게 정말 귀여웠다고. 물론, 모두 여전한 건 아니었다. 길어진 팬데믹 때문인지 폐업을 선언한 가게도 여럿이었다. 클릭 한 번이면 즐겨찾기를 삭제할 수 있었지만 그러지 못했다. 당장은 힘들어도 곧 다시 문을 열 거라고 생각해서다. 지금도 그렇게 생각한다. 분명 그럴 수 있을 거라고.

우리 모두 그리운 장소에서, 꿈꾸던 장소에서, 곧 다시 만나요.

이렇게 오랫동안 못 갈 줄 몰랐습니다

2022년 1월 20일 초판 1쇄 발행

지은이 신예희
펴낸이 최세현 **경영고문** 박시형

책임편집 조아라, 백지윤 **디자인** 이정현
마케팅 양봉호, 양근모, 권금숙, 이주형, 신하은, 유미정
디지털콘텐츠 김명래 **경영지원** 홍성택, 이진영, 임지윤, 김현우
해외기획 우정민, 배혜림
펴낸곳 비에이블 **출판신고** 2006년 9월 25일 제406-2006-000210호
주소 서울시 마포구 월드컵북로 396 누리꿈스퀘어 비즈니스타워 18층
전화 02-6712-9800 **팩스** 02-6712-9810 **이메일** info@smpk.kr

비에이블은 독자 여러분의 책에 관한 아이디어와 원고 투고를 설레는 마음으로 기다리고 있습니다.
책으로 엮기를 원하는 아이디어가 있으신 분은 이메일 book@smpk.kr로 간단한 개요와 취지, 연락
처 등을 보내주세요. 머뭇거리지 말고 문을 두드리세요. 길이 열립니다.